KB078535

마도
신화
전기

동은 퓨전 판타지 소설

FUSION FANTASTIC STORY

마도신화전기 8

동은 퓨전 판타지 소설

초판 1쇄 찍은 날 § 2015년 6월 11일
초판 1쇄 펴낸 날 § 2015년 6월 18일

지은이 § 동은
펴낸이 § 서경석

편집책임 § 이창진

펴낸곳 § 도서출판 청어람
등록번호 § 제387-1999-000006호
등록일자 § 1999. 5. 31
어람번호 § 제1-2147호

주소 § 경기도 부천시 원미구 부일로 483번길 40 서경B/D 3F (우) 420-822
전화 § 032-656-4452 팩스 § 032-656-4453
http://www.chungeoram.com
E-mail § chungeorambook@daum.net

마도신화전기

8

동은 퓨전 판타지 소설

FUSION FANTASTIC STORY

도서출판 청어람

마도신화전기

Myth of Magic power

CONTENTS

Chapter 1. 싸움이 끝나고

리토스 자작의 영지는 헤즐러 남작의 영지로 흡수되었다. 리토스 자작의 영지민들은 굴욕감을 느꼈지만 어쩔 수가 없는 일이었다.

리토스 자작의 일가는 멸문했다. 아이부터 노인, 심지어 기르던 애완동물까지 어떤 생명도 살아남지 못했다.

기사와 병사들도 마찬가지였다.

영지전이 있던 그날,

성에 있던 누구도 살아남지 못했다.

마을에서 휴식을 취하던 비번 병사들만이 구사일생으로

살아남은 셈이다.

병사들이 시체를 처리하기 위해서 성안에 들어갔을 때, 그들은 속에 있는 것을 모조리 게워내고 말았다.

지옥도 이런 지옥이 없었다.

마치 지옥의 마수들이 이곳에 나타나 쓸고 간 것처럼 보였다. 제대로 된 시체가 거의 없었다.

찢기고, 부서지고, 잘리고…….

최악의 대량 학살이었다.

누가 성에 남은 리토스 자작 일가를 몰살시켰는지 아무도 알 수가 없었다.

단 심증은 갔다.

헤즐러 남작은 겨우 열한 살밖에 되지 않았으니 그런 짓을 저지르기에는 아직 어렸다. 그렇다면 헤즐러 남작의 측근 중 누군가가 그런 잔혹한 짓을 저질렀다는 소리다.

최근 헤즐러 남작의 영지에 영입된 몇몇 기사들.

그중에서 악명을 떨치던 칠살의 리더를 무참하게 살해한 자.

곤.

그가 대살육을 저질렀을 가능성이 가장 높았다. 하지만 증거는 없었다. 생존자가 없으니 당연한 일이다. 하다못해 누군가 성에 들어가는 것도 보지 못했다.

리토스 자작의 영지민들은 두려움에 떨며 새로운 영주를

맞이했다.

헤즐러 남작의 저택은 축제 분위기였다.

리토스 자작의 영지와 통합되면서 인구는 네 배가 늘고 세금은 다섯 배가 늘어날 것으로 예상되었다. 두 영지를 잇는 도로도 건설해야 하기에 일자리도 늘어날 전망이다.

겨울에는 일거리가 거의 없는 영지민들의 입장에서는 쌍수를 들고 환영할 만한 일이었다.

"자, 모두들 실컷 드세요."

메이드 아리안과 바넬이 실력 발휘를 했다. 저택의 응접실에는 음식이 산더미처럼 쌓였다. 언제나 텅텅 비어 있던 창고에도 곡식이 가득했다.

리토스 자작의 창고에 있던 모든 귀중품과 식량을 모조리 수레에 실어서 날랐기 때문이다. 리토스 자작의 창고는 헤즐러 남작 저택에 있는 것과는 비교도 할 수 없을 만큼 컸다.

하여 저택의 창고를 모두 채우고도 몇 배나 되는 식량이 남았다.

헤즐러는 그것을 모두 풀어 마을 사람들에게 골고루 나눠주었다.

마을 사람들은 꼬마 영주를 응원한 보람이 있다며 기뻐했다.

메이드 아리안과 바넬도 20년이 넘는 시간 동안 가문을 위해 일해오면서 창고가 꽉 찬 것을 처음으로 보았다. 어찌 기쁘지 않을 수 있겠는가.

아리안은 딸 올린까지 대동하여 저택에 기거하는 모든 사람을 위해서 음식을 만들었다.

"이야, 정말 맛있네. 살다 보니 이렇게 즐거운 일도 있구나."

홀과 서른 명의 병사도 축제를 마음껏 즐기고 있었다. 그들이 병사를 지원한 이유는 리토스 자작에 대한 반발감이 강해서였다. 물론 그 이전에 꼬마 영주에 대한 미안한 마음이 컸기 때문이기도 했다.

하여 그들은 죽을 각오를 하고 병사를 지원했다. 만약 영지전에서 패하면 죽기를 각오하고 꼬마 영주를 지킬 생각이었다.

한데 웬걸.

상황은 완전히 바뀌었다.

꼬마 영주는 영지전에서 승리를 했고 엄청난 땅과 재물을 얻었다. 남작의 작위를 가지고는 도저히 이룰 수 없는 재물과 영지였다.

모르긴 해도 아슬란 왕국을 통틀어 남작 중에서는 가장 큰 영지를 가지고 있을 것이다.

"곧 병사들도 충원된다면서?"

조금은 비만으로 보일 정도로 뚱뚱하지만 병사들 중에서 완력이 가장 좋은 샘이 홀에게 물었다. 홀은 병사들의 리더다. 본래 눈치도 빠르고 의협심도 있어 사람들이 많이 따르는 편이다.

결정적으로 붉은 머리의 여기사 안드리안에게 귀여움을 받았다. 마을에서 있던 일이 그녀에게 좋게 보인 모양이었다.

"당연히 충원되겠지. 영지가 두 배나 넓어졌잖아. 인구는 몇 배로 늘고. 우리 서른 명 가지고는 어림도 없다고. 치안을 담당하랴, 몬스터 습격을 막아내랴, 다른 영지와의 시비를 가리기 위해서는 많은 병사가 필수야."

"얼마나?"

"영지의 재정 상태로 봐서는 한 백 명쯤 충원하지 않을까 싶은데."

"배, 백 명이나?"

"최소한 그 정도는 되겠지."

"백인대 급이네."

"아마도."

"그럼 우리 중에서 십인장을 뽑겠지?"

홀은 입술을 비틀며 헛웃음을 지었다.

"너희들, 떡밥에 관심이 있구나?"

"당연하지."

샘과 루크는 긍정의 의미로 고개를 끄덕였다.

십인장이 되면 일단 받는 월봉이 많아진다. 특히 가정이 있는 병사들은 병사의 월급으로는 생활하기가 상당히 빠듯했다.

하지만 십인장이 되면 월급이 대폭 오르니 구미가 당길 수밖에 없었다.

물론 실력도 있어야 하겠지만.

"십인장은 실력순으로 뽑을 거야."

와인 잔을 들고 있는 안드리안이 그들의 대화에 끼어들었다.

조금은 과하게 술을 마셨는지 눈동자가 붉게 물들어 있다. 그녀가 나타나자 병사들은 경의를 표하며 한 발씩 물러났다. 모두가 그녀의 무력을 똑똑히 보았다.

칠살의 기사 중 가장 완력이 강하다는 베어를 처참하게 무너뜨리는 모습을.

당시 병사들은 전율을 느꼈다.

그리고 안드리안이 얼마나 무서운 여기사인지 알아차렸다.

자신들로서는 꿈도 꾸지 못할 극강의 경지.

새로 영입된 기사들은 병사들에게 신선한 충격을 주기에 충분했다.

"실력순으로 뽑는다는 말씀이 무엇인지요. 우리끼리 대련을 한다는 말씀입니까?"

홀이 안드리안에게 물었다.

"대련뿐만이 아니야. 상황 판단 능력, 리더십, 작전 수행 능력 등 종합적인 개인 능력을 평가할 거야. 십인장, 백인장은 단순히 무력만 강해서는 안 되거든."

"오호!"

병사들의 눈이 밝아졌다. 단순한 무력만 사용한다면 이 중에서 샘이 가장 강했다. 하지만 종합 능력이라면 자신도 해볼 만하다고 모두가 동일하게 생각했다.

"그리고 너희들만 평가하는 것이 아니야. 새롭게 충원될 병사들과 같이 평가할 거다."

"에이, 신입들과 저희가 어떻게 함께 평가를 받아요."

루크는 말도 안 된다는 듯이 손사래를 쳤다.

"신입들 아닌데?"

"네? 그게 무슨 소리신지……."

"리토스 자작의 병사들을 그대로 수용할 거다. 곤의 허락이 떨어졌어. 그게 훨씬 이득이라고."

"그, 그런……."

병사들의 얼굴이 와락 구겨졌다.

리토스 자작의 병사들은 그들보다 훈련을 많이 한 정예병들이다. 전투에 관한 상식도 훨씬 더 풍부했다.

딱 까놓고 양쪽을 비교하면 리토스 자작 병사들의 압승이다.

홀을 비롯한 병사들의 낯빛이 흑색으로 변했다.

잘못하면 백인장은 고사하고 십인장 자리도 뺏기게 생겼다.

"괜찮아, 괜찮아. 모두 하던 대로 하면 돼. 이번에 합류한

용병들 있잖아? 걔들이 쓸 만하거든. 개인 전담으로 붙여줄
게. 같이 훈련하면 배우는 것이 많을 거야. 전원, 마음 단단히
먹도록 해."

씽과 안드리안의 훈련은 새벽부터 저녁까지 쉴 새 없이 이
어졌다. 처음에는 새벽 훈련도 쫓아가지 못해 낙오하기가 일
쑤였다. 그러나 시간이 지나 어느 정도 그들의 훈련 방식을
쫓아가자 자신감도 생겼다.

하지만 갑자기 나타난 스무 명의 용병.

그들의 체력은 인간의 것이 아니었다.

용병들의 무지막지한 훈련을 본 병사들은 도리어 자신감
을 잃고 말았다.

그런데 그들과 같이 훈련을 시킨다고? 똑같이?

병사들의 머릿속 미래가 깜깜하게 어두워졌다.

술을 마시지 못하는 헤즐러는 사과를 갈아서 만든 음료를
마시고 있었다. 소년이 곤에게 물었다.

"사부님, 이제 어떻게 되는 겁니까?"

이번 위기는 무사히 넘겼다. 하지만 낮은 산을 넘었다고 해
서 끝난 것이 아니었다. 아직도 소년이 넘기에는 높고 거대한
산이 많이 남아 있었다.

우선 리토스 자작과는 비교도 안 되는 헬리온 백작과의 협

상이 있지 않은가. 그는 대국 아슬란에서도 투사로 인정받는 사내다.

그의 압도적인 무력 앞에 타 왕국의 귀족들은 고개도 제대로 들지 못했다.

혜즐러가 빠른 시일 동안 성장했다고 하더라도 그의 앞에 당당하게 서서 대화를 주도해 나갈 수는 없었다.

솔직하게 생각하자면 헬리온 백작 앞에서 기죽지 않고 맞설 수 있는 사람은 곤뿐이었다.

"겁나느냐?"

곤은 혜즐러에게 부드럽게 물었다. 다른 사람과 대화할 때와는 천지 차이였다. 언제나 냉기가 뚝뚝 떨어지던 그의 말투에는 다정함이 섞여 있었다.

"겁나지 않다면 거짓말이겠지요. 보통 상대가 아니지 않습니까. 아슬란 왕국에서 무력으로는 다섯 손가락 안에 드는 귀족이니까요. 그보다 작위가 높은 후작들도 함부로 하지 못한다고 들었습니다."

"흠, 그것까지는 잘 모르겠다만… 겁을 먹을 필요는 없다. 당당하게 맞서면 되는 것이다."

"왜 그렇습니까?"

"우선 주도권을 우리가 쥐고 있기 때문이다. 헬리온 백작이 노리는 것은 이곳 영지 내에 있는 던전이다. 그는 그것에 손을 댈 수 없다. 있다면 단 하나, 영지를 강제로 통합해야 하지만 그는 명분이 없다. 리토스 자작이 패하면서 더더욱. 하여 그는 우리가 제시하는 조건만 허락할 수 있다."

"리토스 자작처럼 영지를 강제로 통합할 수 있지 않습니까?"

"아니지. 리토스 자작은 너와 먼 친척이다. 그렇기에 어린 네 대신 영지를 운영하겠다는 거였지. 네가 허락하게 되면 가능한 것이고. 하지만 헬리온 백작은 너와 혈연관계가 아니다. 또한 그 정도 되는 대귀족은 너의 영지를 강제로 침탈할 수가 없단다. 다른 귀족들이 그것을 가만히 두고 볼 리 없기 때문이다."

"그건 왜죠?"

"만약 너의 영지를 통합하기 위해서 군사를 움직인다면 다른 귀족들은 심한 거부감과 함께 위기의식을 느낄 것이다. 귀족들끼리 연합을 하든지 상부에 보고하여 멈추게 하겠지."

"아!"

그제야 헤즐러는 자신이 처한 상황이 정확하게 이해가 되었다. 답답하던 마음도 어느 정도 풀렸다.

"하여 너는 내 옆에만 있으면 된다. 아니, 협상을 하는 방법을 배우도록 하여라. 이제부터 네가 사는 세상은 전쟁터다. 알겠느냐."

"알겠습니다, 사부님."

헤즐러는 곤을 향해 깊게 고개를 숙였다.

곤은 키스톤이 가져온 정보를 머릿속에서 되새겨 보았다. 헬리온 백작이 노리는 던전은 사실 엄청난 것이었다. 리치 킹 타노로스의 던전. 그는 대륙을 쑥대밭으로 만든 후 세상 어딘가에 자신의 모든 재산과 아이템을 숨겼다고 전해졌다.

많은 트레저 헌터들이 그것을 찾기 위해서 애를 썼지만 단서 하나 찾지 못했다.

그렇게 시간이 흘러 리치 킹 타노로스의 던전은 전설로 남았다.

그것이 꼬마 영주 영지에서 발견된 것이다. 아마도 그 사실을 아는 귀족은 헬리온 백작 한 명밖에 없을 터이다. 만약 다른 귀족들이 그 사실을 알았다면 눈이 뒤집혀 이곳으로 모여들었을 것이다.

리치 킹 타노로스의 수많은 전설 급 아이템. 그것을 차지하여 기사단을 무장시킬 수만 있다면 왕국 최강, 아니, 대륙 최강의 가문이 되는 것은 꿈이 아닐 테니까.

당연히 곤은 그 던전을 혼자서 먹을 생각이다. 전설대로 그토록 많은 재산과 아이템이 있다면 병사들을 무장시키는 것만으로도 기사 급의 위력을 발휘할 수가 있으니까.

기사들이 전설 급 아이템을 착용한다면 얼마나 강해질지 감히 상상이 가지 않았다.

당연히 그런 엄청난 물건을 남과 나눌 수는 없었다.

하지만 키스톤의 말에 곤은 욕심을 접을 수밖에 없었다.

"마스터, 리치 킹의 던전을 찾아내기는 했지만, 진입을 할 수가 없습니다. 던전의 문을 열 열쇠가 필요합니다."

"열쇠? 힘으로 부수고 들어가면 되지 않나?"

곤은 고개를 갸웃거리며 물었다.

"처음에는 그러려고 했으나…….."

"했으나?"

"다른 영지에서 고용한 스무 명의 용병을 모두 잃었습니다."

"잃다니?"

"그들이 순식간에 사라졌습니다."

"이해가 안 되는군. 자세히."

"넵."

고개를 끄덕인 키스톤이 자신이 본 상황과 알고 있는 상식을 섞어서 얘기했다.

"차원 왜곡 마법이 걸려 있을 확률이 9할입니다."

"차원 왜곡 마법? 그것이 뭐지?"

"말 그대로 차원을 왜곡시킬 수 있는 마법입니다. 예를 들면, 길이 있습니다. 보통이라면 한쪽 길을 쭉 따라 걸으면 다른 쪽 길에 도달하게 됩니다. 하지만 중간에 차원 왜곡 마법을 걸어놓으면 어떤 수를 써도 다른 길에 도달하지 못합니다.

완전히 다른 차원이 그곳에 생겨났기 때문이죠."

곤의 귀가 번쩍 틔었다.

그가 부서진 달의 세계로 온 것은 분명 차원의 왜곡 현상 때문이라고 생각했다. 하지만 돌아갈 방법은 전혀 알지 못했다. 하나의 단서가 있다면 살롱쿠기가 말한 7대 전설 무구. 그곳에 어떤 실마리가 있을지도 모른다고 하였다.

그렇다면 혹시 리치 킹의 던전에 7대 무구가 있는 것이 아닐까.

충분히 가능성은 있었다.

"내가 가서 부수면 되겠지."

곤이 말했다.

그는 재앙술 5식까지 사용이 가능하다. 조금만 더 수련에 매진한다면 초파괴 재앙술이라 할 수 있는 6식도 사용이 가능했다.

하여 어중간한 진이 펼쳐져 있다면 자신의 술법으로 충분히 파괴할 수 있으리라 여겼다.

하지만 키스톤은 고개를 흔들었다.

"어떤 생명체도 그곳을 빠져나갈 수 없습니다. 그곳에 발을 디딘 순간 세상의 모든 생명체는 먼지가 되어 사라집니다."

"그 함정을 돌파할 수 없단 소린가?"

"살아 있는 생명체는 그렇습니다. 하지만 초고위급 리치나

뱀파이어는 가능합니다."

"왜지?"

"초고위급 리치, 즉 리치 킹 타노로스는 생명의 그릇이라
는 것을 아공간에 봉인해 놓습니다. 리치 킹은 절대로 죽지
않죠. 말 그대로 불로불사. 차원 왜곡 마법에 들어선다고 하
더라도 육체가 계속해서 재생되는 겁니다. 뱀파이어도 마찬
가지고요. 하지만 평범한 인간은 육체가 한순간에 재가 되어
사라집니다. 수천 번 이상 부활을 할 수 있다면 모를까."

"음."

고향으로 돌아가기 위해서는 더욱 많은 정보가 필요했다. 리
치 킹의 던전에는 어떤 단서가 있을 것이 거의 확실해 보였다.

"그럼 헬리온 백작 진영에서는 그 공간 마법을 통과할 수
있는 자가 있나?"

"있겠지요. 그러니 이런 일을 꾸몄을 테니까요."

"어쩔 수 없군."

곤은 고개를 가볍게 흔들었다. 그의 능력으로 차원 왜곡 마
법을 통과할 수 없다면 할 수 있는 자와 손을 잡는 것이 당연
했다.

물론 결과물에 대해서는 꼼꼼히 살펴 정확하게 분배해야
겠지만.

그것이 키스톤과의 대화였다.

여기서부터가 문제였다. 서로가 힘을 합치지 않으면 리치 킹의 던전을 얻지 못한다. 그렇다고 무작정 상대방에게 퍼줄 수는 없었다. 5 대 5로 나누는 것은 절대로 하지 못한다. 어쩐지 무척이나 손해를 보는 것 같아서 억울했다.

*   *   *

영지전이 끝나고 씽은 곧장 로즈의 가게를 찾았다. 몸이 편찮다던 그의 아버지도 만났다. 그의 아버지는 로즈가 말한 연약한 남자와는 많이 달랐다.

신장도 씽보다 컸다. 거의 2미터에 달했다. 어지간한 기사보다 훨씬 덩치가 거대했다. 그뿐만이 아니다. 겉으로 보이는 상체 근육은 용병 중 최고라는 게론을 훨씬 넘어서는 듯했다.

마치 작은 오거가 앞에 서 있는 느낌이랄까.

만약 그가 술집 주인이 아니었다면 씽은 자신도 모르게 열 개의 손톱을 모두 빼들었을지도 모른다.

"허허, 이것 참. 우리 로즈가 많은 얘기를 하기에 좀 더 남자다울 줄 알았는데 기생오라비처럼 생겼구만."

로즈의 아버지 타로만은 씽을 보며 빙긋빙긋 웃으며 음식을 내놨다.

아직 저녁이 되기 전이라 손님은 없었다.

"아오, 아빠, 기생오라비가 뭐예요. 실례잖아요."

로즈가 아버지 타로만의 옆구리를 팔꿈치로 강하게 찔렀다. 타로만은 '크흑' 소리를 내며 '우리 딸, 사람 치는 기술이 나날이 발전하는군'이라고 말하며 흐뭇한 표정으로 바라보았다.

씽은 어이없다는 표정으로 부녀를 바라봤다. 확실히 평범한 부녀는 아니었다.

"그나저나 이번 영지전이 좋게 끝나서 정말 다행이에요. 우리 꼬마 영주님이 얼마나 기뻐했을지 눈에 선하네요."

"헤즐러를 알아?"

"어머, 헤즐러라니요. 기사 된 도리로 주군께 표하는 예의가 전혀 없네요."

로즈는 짐짓 어이없다는 표정으로 씽을 바라봤다.

"내 주군이 아니야. 내 주군은 형님이지. 헤즐러는 형님이 돌봐주는 어린아이일 뿐이야."

씽은 단정 짓듯 말했다.

"기사가 어찌 두 주군을 섬겨요?"

"난 기사가 아니거든."

"정말?"

"나뿐만 아니라 일행 모두 기사가 아니야. 우리 형님도 마찬가지고."

"그럼……?"

"맞아. 용병이야, 우리는. 그게 적성에도 맞고."

"리토스 자작의 칠살의 기사단이 겨우 용병들에게 패했단 말인가요? 믿을 수 없어."

"믿든 안 믿든 우리가 기사가 아니라는 것은 확실해. 형님도 기사가 될 생각이 없고. 그나저나 당신들의 정체는 뭐지? 평범한 부녀는 아니잖아."

"헹, 당신들 정체도 확실히 모르는데 우리가 그것을 가르쳐 줄 리 없죠. 그죠, 아빠?"

"당연하지."

거구의 타로만이 고개를 끄덕였다.

"자네, 힘 좀 쓰는가?"

타로만이 불타는 눈빛으로 씽에게 물었다. 갑작스러운 물음에 씽은 그렇다고 고개를 끄덕였다.

"그럼 어디 우리 딸을 줄 수 있을까 한번 힘자랑 좀 해보게."

"아오, 무슨 소리를 하는 거예요. 우리 딸을 주다니."

로즈가 얼굴이 붉어져서 타로만의 목을 졸랐다.

"캑캑, 가만히 있어봐. 네가 남자 얘기를 한 것이 다섯 살 이후로 처음이잖냐. 그래서 아비 된 도리로 한번 봐줄게."

"쫌! 헛소리 좀 하지 말라고요!"

텅!

타로만은 딸의 말에 자신의 굵은 팔을 카운터에 내밀었다. 어서 덤비라는 표정이다.

그의 표정을 본 씽은 입술을 올렸다. 감히 인간 따위가 자신과 완력을 겨루자니. 아무리 로즈가 마음에 든다고 하더라도 있을 수 없는 일이었다.

"후회하실 텐데요."

씽이 차갑게 얘기했다.

"게임은 끝나봐야 아는 거야. 와봐."

타로만이 손가락을 까닥거렸다.

어이가 없는 씽이다. 그는 자리에 앉아 그와 팔을 맞잡았다.

"아오, 내가 물건이야? 왜 이러는 건데?"

로즈가 계속해서 투덜거렸다.

하지만 남자들은 그렇지 않다. 씽은 타로만의 앞에 앉아 팔을 내밀었다.

"어이구, 이렇게 팔이 가늘어서 어디 기사라고 자랑스럽게 얘기할 수 있겠어?"

"다시 말하지만 후회할 겁니다. 따님 앞에서 창피 당하실 겁니다."

"그거야 끝나봐야 아는 거지. 야, 이리 와서 심판 봐."

"딸한테 '야' 라니. 아씨."

로즈가 다가와 그들의 두 손에 손바닥을 얹었다.

타로만과 씽은 손에 힘을 주었다. 씽은 역시 근육만큼이나 타로만의 힘이 강하다고 생각했다. 그렇다고 하더라도 자신이 질 것이라고는 생각되지 않았다.

　"오, 기생오라비처럼 생긴 것치고는 제법 힘이 있는데?"

　씽의 손을 잡은 타로만이 빙그레 웃었다.

　"자, 준비하시고, 시작!"

　로즈가 맞잡은 타로만과 씽의 손등에서 손바닥을 놓았다. 동시에 둘의 힘이 맞붙었다.

　'어라?'

　씽은 내심 놀랐다. 아무리 힘이 강한 사람이라도 백호인 그와 기본적인 근력에서 엄청난 차이가 있다. 근육과 뼈가 압축된 씽의 힘은 곤조차 당하지 못했다.

　힘을 극대화시킨 안드리안 정도가 그와 비슷한 완력을 지녔을 뿐이다.

　그런데 평범한 술집 주인인 타로만의 힘이 씽과 맞먹는 것이다. 타로만에게 상처를 입히지 않고 가까스로 이기는 모습을 보여주려고 했던 씽의 계획이 빗나갔다.

　"크흑."

　이러다가는 인간에게 완력으로 패하게 생겼다. 자존심 때문에 마나를 쓸 생각은 하지 않았다. 상대가 완력으로 상대하는 이상 씽도 끝까지 같은 방법으로 싸울 것이다.

"오, 씽, 대단해!"

로즈는 감탄사를 내뱉었다.

이제껏 그녀는 자신의 아버지와 비슷한 힘을 가진 사람을 보지 못했다. 대부분의 상대를 팔목만 잡고 장난치듯이 휙휙 넘겨 버렸다.

처음으로 아버지의 힘과 엇비슷한 사내를 본 것이다. 영지전을 보며 강할 것이라 예상은 했지만 힘까지 이리 강할 줄은 상상하지 못했다.

"제법 강하긴 한데 아직 멀었어. 좀 더 힘을 내보시지."

타로만이 빙그레 웃었다.

그의 웃음에 자존심이 상한 씽은 더욱 팔에 힘을 주었다. 두 사내의 팔뚝에서 핏줄이 불끈불끈 튀어나왔다.

예상외로 씽의 힘이 강했는지 타로만의 얼굴에서 웃음기가 사라졌다.

둘의 이마에서 땀이 볼을 타고 흘러내렸다.

이윽고,

와지끈!

타로만과 씽이 잡고 있던 두꺼운 탁자가 그들의 힘을 견디지 못하고 반으로 쪼개졌다.

빡!

갑자기 받침대가 사라지자 힘을 분산하지 못한 그들은 앞으로 고꾸라지며 머리끼리 부딪치고 말았다.

"아이고, 이마야!"

"크흑!"

그들은 하늘에 별이 보일 정도로 강하게 부딪쳤다. 타로만은 아예 바닥에 주저앉아 이마를 손바닥으로 마구 비볐다.

씽도 충격이 큰 것은 마찬가지였다. 엄청나게 단단한 차돌이 그의 이마를 정통으로 가격한 것 같았다.

"도대체 자네, 정체가 뭐야? 근육도 별로 없는데 무슨 힘이 이렇게 강해?"

조금 충격이 가셨는지 타로만이 이마를 비비며 씽에게 물었다.

"그건 제가 묻고 싶은 말이군요. 당신과 로즈, 도대체 당신들은 누굽니까?"

"우리?"

"로즈도 그렇고 평범한 사람들은 아니군요. 제대로 대답하지 않으면 여기에 있던 사실을 형님께 말씀드릴 수밖에 없습니다."

"흑, 곤이라는 사내?"

"네."

곤을 머릿속에서 떠올린 타로만의 얼굴에 조금은 난처한 기색이 떠올랐다.

영지전에서 벌어진 상황을 떠올리면 곤이라는 자의 성격이 어떤지 대충은 알 수 있었다.

잔혹한 사내, 그리고 그에 걸맞은 무력을 지닌 사내.

수많은 인간 군상을 만나본 타로만의 입장에서는 가장 상대하기가 꺼려지는 자이기도 했다.

머리가 좋고 무력이 강하며 목적을 위해서는 수단과 방법을 가리지 않는 자는 두려운 존재였다.

"아, 그러지 말라고. 괜한 일에 엮이고 싶지 않아. 나는 은퇴한 정보원이야. 지금은 이렇게 술집을 차려놓고 작은 정보 길드를 운영하고 있지. 보다시피 길드원은 내 딸 한 명."

"이곳이 정보 길드?"

"보다시피."

씽은 주위를 돌아보았다. 뭘 보다시피 정보 길드라는 것인지 전혀 짐작이 가지 않았다.

어딜 봐서?

"정보 길드의 일만으로는 먹고살기가 힘들어서 술집도 같이 운영하지. 켈리온 남작님이 살아계실 때는 이 정도까지는 아니었거든. 하지만 리토스 자작이 행패를 부린 이후로는 손님이 뚝 끊겼지. 어쨌든 자네도 알고 싶은 정보가 있으면 나한테 물어보라고. 물론 정보 이용료는 받아야겠지만."

씽은 멍한 표정으로 타로만과 로즈를 번갈아 바라봤다. 로즈는 이제야 알았냐는 듯 손가락으로 브이 자를 그려 보였다.

정보 길드라…….

"그럼 몇 가지만 묻겠습니다."

"오, 오늘 첫 개시인가? 좋습니다, 고객님. 정보 등급에 따라 요금도 변합니다. 무엇을 물어보시겠습니까, 고객님?"

타로만은 곧바로 영업 모드로 돌아가 조금 전과는 비교도 할 수 없이 나긋나긋하게 말했다.

*   *   *

곤과 한 여인이 응접실 탁자에 앉아 있다. 곤은 물끄러미 그녀를 바라보았다. 여인은 전혀 기가 죽은 기색 없이 싱글거리며 탁자에 놓인 홍차를 마셨다.

금발이 매력적인 여성. 며칠 전 사투를 벌인 칠살의 기사단의 일원인 레빗이다.

"여긴 왜 왔지?"

곤이 물었다.

"갈 데가 없어서요."

"갈 데가 없어?"

"네, 그쪽이 리토스 자작의 영지를 파탄 냈잖아요. 우리 동료도 모두 죽이고."

"그래서 복수라도 하려고 온 것인가?"

"엥, 무슨 그런 무서운 소리를. 제가 어떻게 당신을 이기겠어요. 전 그 노기사와 첫 번째로 대결을 벌인 것에 감사하고 있어요. 나중에 당신 일행과 손을 섞었다면 어떻게 됐을지 짐작이 가니까요."

"그럼 왜 온 거지? 동료도 한 명 남았을 텐데."

"아, 바이퍼요? 그는 떠났어요. 당신들과 더 이상 엮이기 싫대요. 뭐, 그러라고 했죠."

레빗의 얘기를 듣자면 상황은 무척이나 좋지 않았다. 그녀는 홀로 남은 셈이다.

"도대체 하고 싶은 말이 뭐야?"

"자, 이거."

그녀는 케논이 가지고 있던 여덟 개의 검을 탁자 위에 올려놓았다.

"이게 뭐지?"

"주인 잃은 검이죠."

"이걸로 뭘 어쩌라고?"

"뇌물이에요."

"뇌물?"

"네. 이리저리 당신들에 대해서 알아봤죠. 그 대검을 쓰던 여자 용병이 안드리안이라죠? 대륙에서 열 손가락 안에 드는 여자 용병. 그러니 저도 일행에 넣어주세요."

"용병단에 들어오고 싶다고?"

"네. 이렇게 보여도 꽤 쓸모가 있어요."

칠살의 용병단 중 한 명이었으니 능력은 없지 않을 것이다.

하지만 그녀가 무슨 의도로 이러는 것인지 그것이 중요했다. 복수를 하기 위해서 이럴 가능성도 있었다.

"좋아, 받아들이지. 대신 용병단의 막내로 시작해야 한다."

"막내? 칠살의 기사단 멤버이던 제가 용병단의 막내라고요? 왜 이러실까. 제가 용병단에 들어가면 다섯 손가락 안에 들어갈 수 있어요."

"그래?"

"당연하죠. 저는 레빗이라고요."

"그럼 확인을 해보지. 따라와."

곤은 탁자 위에 놓여 있는 검을 들고 연무장으로 향했다. 레빗은 고개를 갸웃거리며 그의 뒤를 좇았다.

연무장에서는 용병들과 병사들이 한창 훈련에 매진하고 있었다. 비록 용병이라고 하지만 개개인의 실력은 용병 수준을 한참 넘어섰다.

그런 그들과 같이 훈련해야 하는 병사들은 죽을 맛이었다.

새벽부터 부서진 달이 뜰 때까지 몇 번이나 오바이트를 하는 병사들이 대부분이었다. 그러나 덕분에 병사들은 빠르게 강해지고 있었다.

특히 그들은 용병들이 가장 먼저 배운 진을 연습하며 생존율을 급상승시켰다.

곤이 연무장으로 다가서자 게론이 급히 용병들의 훈련을 멈추게 한 후 예를 올렸다.

그리곤 곤에게 다가왔다.

"훈련은 예정대로 잘되어가고 있습니다. 병사들의 사기도 높고요."

곤은 고개를 끄덕이며 들고 있던 여덟 자루의 검을 바닥에 던졌다.

"이게 뭡니까?"

"마법검."

"마법검?"

용병들이 웅성거렸다. 마법검은 모든 검사들이 가지고 싶어 하는 꿈의 아이템이다. 최하급의 마법 아이템이라고 하더라도 수백 골드를 호가한다. 상급 마법이 걸려 있는 아이템은 말 그대로 부르는 것이 값이었다.

용병들과 병사들이 호기심을 이기지 못하고 마법검 주위로 몰려들었다.

"뭐가 특별한 것인지 잘 모르겠는데?"

"그러게. 저게 정말 마법검인가?"

용병들과 병사들이 고개를 갸웃거렸다. 아무리 봐도 마법 검에게서는 특별한 기운이 느껴지지 않았다.

"설명을 부탁해도 되겠나?"

곤이 레빗을 바라봤다.

고개를 끄덕인 레빗은 여덟 자루의 마법검에 대해서 짧게 설명했다.

"이건 재난검 판도라, 식인검 게리온, 쌍둥이 단검 타키온, 불의 검 샐러맨더, 천공검 제우스, 뇌검 인드라, 마검 데빌이 에요."

"오오, 재난검 판도라!"

"그 식인검 게리온?"

용병들의 눈이 휘둥그렇게 변했다. 다른 검은 모르지만 재 난검과 식인검은 분명 용병들도 몇 번씩 들어봤다.

그리고 그 검을 차지한 주인들은 반드시 죽음을 당하기에 봉인됐다는 얘기도 있었다. 한데 그 검들이 한꺼번에 눈앞에 나타날 줄이야.

설사 저주가 걸려 있다고 하더라도 검으로 먹고사는 자들 이라면 목숨을 걸고서라도 가지고 싶은 아이템이기도 했다.

"그런데 이걸 왜?"

게론이 물었다.

"여기 있는 여자는 레빗이다. 칠살의 기사단에서 생존한 기사지."

용병들은 칠살의 기사단 중에서 스퀘얼과 플라이밖에 보지 못했다. 다른 자들의 얼굴은 알지 못했다. 그들은 레빗을 처음 보았다. 그들은 '왜 칠살의 기사가 이곳에 있지?' 하는 의문스러운 표정으로 쳐다보았다.

"이건 경품. 레빗과 대련해서 이기는 자들에게 이 검을 주겠다."

레빗은 어이가 없다는 표정으로, 용병들은 정말이냐는 표정으로 곤을 바라봤다.

"이봐요, 지금 장난해요? 제가 이런 용병 따위에게 질 것 같아요?"

"길고 짧은 것은 대보면 알겠지. 여덟 자루의 검 중에서 하나만 지켜도 너를 용병단으로 받아들여 주지."

"하 참, 나를 너무 얕보네요. 좋아요. 그 약속, 꼭 지켜야 해요?"

"한번 뱉은 말은 다시 주워 담지 않아."

Chapter 2. 영지민의 자부심

"으윽!"

레빗은 엉덩방아를 찧었다. 도대체 몇 번이나 나가떨어졌는지 모르겠다.

지금의 상황을 그녀는 도저히 믿을 수가 없었다. 자그마치 여덟 명의 용병과 손을 섞어서 단 한 명도 이기지 못했다.

맨 처음 상대한 자는 덩치가 무척이나 큰 사내였다. 체일이라고 했던가. 레빗은 상대가 덩치만 컸지 강할 것이라고는 생각하지 않았다.

오히려 이런 자들은 상대하기가 더욱 쉬웠다. 그녀는 레빗,

신체 속도에 관해서라면 얼마든지 자신 있었다.

하지만 그녀는 단 일격에 패배했다. 체일이 어떻게 움직이는지 제대로 확인도 하지 못했다. 상대의 움직임을 완전히 놓쳤고, 어느새 체일은 그녀의 목에 버디쉬를 가져다 댔다.

완벽한 패배.

"마법검? 나는 저런 것 필요 없어. 약한 놈들이나 줘."

체일은 그렇게 말하고서는 물러났다.

다음에 나온 자는 게론. 무척이나 늙은 용병이었다. 나이는 대략 50세가 넘을 듯했다.

"손자 재롱 볼 나이에 아직도 용병질이라니 당신은 실패한 인생이군요."

레빗은 게론을 얕봤다.

"이런 쓰벌, 아직 결혼도 안 한 총각에게 뭐가 어쩌고 어째?"

게론은 흥분했다.

그런 게론을 보며 레빗은 빙그레 미소를 지었다. 상대방의 이성을 잃게 만드는 것은 기본 전술 중에서도 가장 먼저 배우는 것이다.

겨우 이것으로 흥분하는 것으로 보아 상대는 겉만 늙은 애송이였다.

그리고 또다시 레빗은 패했다.

"아하하하, 나는 식인검 게리온이 좋아. 이름부터 마음에 들어."

게론은 연무장 바닥에 있는 식인검 게리온을 들고는 냉큼 사라졌다.

다음으로는 3조 조장인 에릭.

역시 패했다.

"이야, 나에게 딱 맞는 무기야. 쌍둥이 단검 타키온이라니."

용병들은 차근차근 한 명씩 나와 레빗을 상대했다.

식신 불킨은 재난검 판도라를,

거구의 루본스는 불의 검 샐러맨더를,

단단한 차돌을 연상시키는 고르돈은 뇌검 인드라를,

2조 조장 페레도는 마검 데빌을 가져갔다.

레빗은 단 한 명도 이기지 못한 셈이다.

이제 남은 검은 단 하나, 얼음검 아이스뿐이었다.

한 번만 더 패배하면 전패.

"이건 말도 안 돼! 나는 레빗이라고! 칠살의 기사 레빗!"

레빗은 지쳤다.

만만치 않은 상대 여덟 명을 동시에 상대했으니 지치지 않으면 이상한 일이다. 그녀의 입에서 단내가 풍겼다. 그럼에도 쓰러지지 않는 것은 얕본 용병들에게 철저히 밟힌 자존심 때문이었다.

그녀가 곤에게 붙을 생각을 한 것은 그 남자의 강함에 매료가 되었기 때문이다.

곤, 안드리안, 씽. 이들 세 명은 어디에 가더라도 작위를 받을 수 있을 만큼 강자였다.

하지만 이들 외에는 쓸 만한 자들이 없어 보였다. 만약에 있었다면 영지전에서 두 노기사를 내보내지 않았을 것이다. 자신이라면 곤이 크게 환영하며 받아줄 것이라 생각했다.

지금의 상황은 전혀 예상 밖의 일이다.

"그럼 제가 마지막으로 상대하겠습니다."

적당한 키에 귀족이라고 해도 믿을 만큼 잘생긴 용병이 앞으로 나섰다. 외모에 비해 자신감이 별로 없어 보이는 용병이다.

그는 3조의 용병인 사렌이었다.

사실 그는 용병이란 직업에 대해서 다시 한 번 생각해 보는 중이다. 일단 그는 다른 동료들에 비해서 실력이 뒤처졌다.

동료들은 어느 순간부터 마나를 사용하고 오러를 내뿜기 시작했는데, 그만은 아직도 정체 상태였다. 마나는 활성화시킬 수 있지만 오러를 아직 사용하지 못했다.

시간이 지날수록 서로 간의 격차는 더욱 심해질 것이다. 매일 밤 몰래 숙소를 빠져나와 특훈을 해도 마찬가지였다. 실력은 조금씩 더 벌어질 뿐 좁혀질 생각을 하지 않았다.

이러다가는 동료들의 발목을 잡을지도 모른다는 생각에 잠이 오지 않았다.

그런데 부단장이 마법검을 상품으로 내놓았다. 그의 눈이 휘둥그렇게 변했다.

저것만, 저것만 있다면 벌어진 실력 차이를 메울 수 있을 것이다. 하여 다른 용병들이 나서기 전에 먼저 레빗의 앞에 선 것이다.

사렌은 레빗에게 인사를 꾸벅 한 후 검을 들었다. 레빗도 신중하게 그에게 맞섰다.

용병들을 얕보던 마음은 이미 오래전에 사라졌다. 그녀는 눈앞의 잘생긴 청년을 케논과 동급이라고 생각하며 싸울 것이다.

사렌도 마찬가지였다. 그는 방심하지 않을 것이다. 레빗이라는 여기사가 약한 것은 분명 아니었다.

수많은 실전과 훈련을 받으며 용병들이 비정상적으로 강해진 것이다. 동료들이 기사 급으로 강한 것은 사렌도 알고 있다.

단지 이 정도로 강한 줄은 몰랐던 것뿐.

하지만 자신은 동료들과 다르다. 최선을 다하지 않으면 눈앞의 여기사에게 패배하고 말 것이다.

"갑니다."

"오세요."

사렌과 레빗이 동시에 움직였다.

*   *   *

"졌소."

사렌은 레빗과 한 걸음 떨어져 대결에서 졌음을 시인했다. 옷이 이곳저곳 찢어졌고 자잘한 상처도 입었다. 그럼에도 사렌의 표정은 나쁘지 않았다.

묵은 체증이 쑥 하고 내려간 것과 같은 무척이나 시원한 표정이다.

지금까지 장래에 대해 심각하게 고민해 오던 사렌은 레빗과의 대결에서 자신의 잘못된 점이 무엇인지 깨달았다.

우선 사렌은 레빗과 같은 유형의 상대를 만나본 적이 없다는 것이다.

그의 주변에는 근력 위주의 공격을 하는 동료들이 절대다수였다. 무식한 게론 조장부터 남자는 근육이라고 생각하며 미친 듯이 근력을 늘리는 일에만 집중하는 판이다.

게론뿐만이 아니라 식신들은 더했다. 그들이 싸우는 모습을 본다면 그것은 전투가 아니라고 생각할 것이다.

그냥 공포, 호러였다.

박쥐와 같은 거대한 날개가 튀어나오고, 입이 벌어지며, 내장이 튀어나가 상대방을 갈기갈기 찢어 죽인다. 처음부터 동료가 아니었다면 괴물로 오인했을 것이다.

더 나아가 씽과 안드리안이 있다.

그들의 힘을 앞세운 무력은 식신들조차 범접하지 못할 정도이다.

부단장인 곤은 생각도 하고 싶지 않다. 그를 목표로 삼았다가는 먼저 좌절감에 빠져 검을 손에서 놓고 말 테니까.

사렌의 목표는 동료들처럼 강해지는 것.

그들처럼 열심히 훈련했지만 도저히 똑같은 근육이 나오지 않았다. 그렇기에 좌절했다.

하지만 레빗과 대련을 해보니 확실히 알겠다. 애초에 훈련 방법이 그에게는 맞지 않았던 것이다.

사렌은 다른 동료들보다 빠르고 날렵했다. 나무도 잘 타며 오감도 뛰어났다. 하여 정찰을 도맡아 할 때가 많았다.

그런 그가 무식하게 근육만 늘리기 위해서 훈련했으니.

레빗처럼 적성에 맞는 훈련을 해야만 했다. 그래야 지금보다 훨씬 강해질 수가 있었다.

사렌은 레빗 덕분에 자신이 무엇을 해야 하는지 알았다. 그렇기에 웃으면서 물러날 수 있었던 것이다.

하지만 레빗은 아니었다.

"어이, 사렌, 많이 늘었네. 오, 그 몸놀림, 괜찮았어."

"사렌 형님, 힘내세요."

용병들의 분위기로 보아 그녀의 눈앞에 있는 자가 용병들

중에서 최약자라는 것을 알 수 있었다.

　패배하면 창피함이 문제가 아니었다. 이 바닥에서 떠나야 할지도 몰랐다. 칠살의 일원으로서 한낱 이름도 없는 용병에게 패한다는 것은 그녀의 자존심이 허락하지 않았다.

　그런데 레빗의 머릿속에 문득 이상한 의문이 들었다.

　가장 근본적이 의문이다.

　왜 용병들이 이토록 강한 거지?

　어쩌면 그녀는 칠살의 기사단의 일원이라는 자만에 빠졌는지도 모른다.

　칠살의 기사단이 뭔데. 칠살의 기사단은 케논이 만든 것이지 자신이 만든 것이 아니었다.

　"내가 만든 것이 아닌데……."

　왜 그토록 그 이름에 집착했을까. 지금 생각하면 결코 아무것도 아닌 것을.

　용병들 따위가 강한 것이 아니었다.

　자신이 약한 것뿐.

　지금까지 그녀는 강하다고 착각하고 있었던 것이다. 그 예로 눈앞에 있는 이 사내.

　조금의 의심도 없는 순수한 눈빛. 오직 강해지기 위해서 정진하는 그런 모습이다.

　그녀도 저런 시절이 있었다. 언제인지는 기억나지 않지만.

'그렇구나. 나는 초심을 잃었구나.'

레빗은 깨달았다. 지금은 용병들 중에서 가장 약한 사렌도 당할 수가 없다. 이미 대련에 임하는 마음가짐 자체가 달랐다.

레빗이 포기하려는 순간,

사렌이 뒤로 물러났다. 그는 고개를 숙이며 레빗에게 말했다.

"졌소."

그에게 졌다는 말을 듣는다는 것이 무척이나 부끄러웠다. 하여 레빗은 뒤로 물러나는 사렌을 우두커니 보고만 있었다.

"이봐요."

레빗이 사렌을 불렀다.

사렌은 뒤를 돌아 레빗을 보았다. 그는 손가락으로 가슴을 가리키며 자신을 불렀냐고 물었다.

"이거 당신 거야. 가져가."

레빗은 바닥에 있던 천공검 제우스를 그에게 던졌다.

사렌은 얼떨결에 검을 받아 들었다.

"나는 분명 대결에서 졌는데, 왜 이걸……?"

그는 이해가 되지 않는다는 듯 의아한 눈길로 레빗을 바라봤다.

"당신에게 어울려. 나는 마법검을 사용할 자격이 없어."

레빗의 말을 사렌은 끝내 이해하지 못했다. 레빗은 대련에 대한 미련을 털어버리고 곤에게로 향했다.

곤은 지금까지 단 한 마디도 하지 않은 채 묵묵히 레빗의 대련을 지켜봤다. 레빗은 그에게 고개를 숙였다.

"많은 공부가 되었습니다. 막내부터 시작하겠습니다."

"마음가짐이 되었나?"

"네."

곤은 용병들을 향해 말했다.

"들었지? 신입이다. 막내니까 잘해주도록."

그 말을 끝으로 곤은 저택으로 들어갔다. 그가 저택으로 사라지자 용병들의 함성이 울렸다.

"야호! 드디어 막내다! 막내 생활 청산이다!"

"어이, 막내 생활에 대해서 내가 알려줄 테니까 후딱 튀어 와!"

용병들의 느끼하고 충혈된 눈을 보며 레빗은 뭔가 크게 잘못한 것만 같은 불길한 느낌을 받았다.

역시나.

감동은 그때만 받고 곧바로 떠났어야 하는데.

안드리안 이년이 내민 언령 계약서에 사인을 하고서 레빗의 인생은 단단히 꼬이고 말았다.

사실 이제껏 그녀에게 계약이라는 의미는 크지 않았다. 계약이란 일을 하면 돈을 받는다는 약속, 딱 그 정도였다.

계약서에 사인을 하는 순간, 그토록 어마어마한 제재가 가해지는지 상상도 못했다.

그녀는 아주 오랜 시간 무척이나 적은 보수로 곤이 아닌 안드리안과 함께해야 했다.

언령에 의한 제재로 인해서 도망칠 수도 없었다.

"으으으윽! 씨벌!"

고운 레빗의 입술에서 끝내 욕설이 터져 나오고 말았다.

*　　　*　　　*

마침내 헤즐러가 자작으로 승급하는 날이 다가왔다. 본래대로라면 모든 귀족은 수도로 올라가 왕에게 직접 작위를 하사받아야 하지만 지금은 굳이 그럴 필요가 없었다.

남작, 자작 정도의 작위는 먼 수도까지 갈 필요 없이 상급 귀족 백작이나 후작, 공작이 대신 보증을 서주면 되었다.

당연한 일이지만 헤즐러의 후견인은 헬리온 백작이 되었다. 서로의 감정이 좋든 나쁘든 다른 귀족들이 보기에 헤즐러는 헬리온 백작 일파에 속하게 된 것이다.

승급 날이 되자 마을 사람들은 자신도 모르게 들떴다. 그도 그럴 것이, 최소 일주일 전부터 영지에는 축제 분위기가 감돌았다.

영주의 저택이 협소하기 때문에 초청을 받은 귀족들과 가신들만 머물 수 있었다. 머물 수 있는 기사의 숫자도 한정되었다.

즉 대부분의 병사들은 마을에서 지내야 했다. 그들이 기거하기 위한 여관도 신축해야 했다. 하지만 시간이 짧아 여관을 신축할 수 없으니 조금 괜찮은 목조건물을 개조하여 임시 여관으로 만들었다.

솜씨가 있는 아낙네들은 당분간 일손을 접고 일시적으로 음식점을 개업하기도 했다.

아이들은 분주해진 마을 사람들을 지켜보는 재미에 빠졌고, 자연스럽게 연무장이 있는 중앙 광장을 중심으로 시장이 형성되었다.

저택의 주요 인사들이 모두 연무장에 모여 용병들과 병사들을 보았다.

용병들의 숫자는 도합 31명.

검은색 무복에 블레스트 플레이트로 통일했다. 언제나 중구난방으로 보이던 용병들도 이렇듯 통일되게 입혀놓으니 꽤나 멋들어져 보였다.

병사들은 70명이 늘어 100명이 되었다. 70명의 병사들은 리토스 자작 휘하에 있던 자들을 흡수한 것이다. 통합 영지에서 떠날 자는 마음대로 하라고 곤이 말했다. 그의 엄포에 겁을 먹은 대부분의 병사들이 군소리 없이 헤즐러 남작의 밑으로 편입되었다.

물론 두 영지의 병사들이 섞이기는 쉽지 않을 것이다. 당분간은 진통이 있을 것이라 예상되지만 곤은 그대로 내버려 둘 생각이다.

못 버티고 튕겨져 나간 자들은 농민으로 되돌아가면 된다. 그뿐이다.

병사들은 체인 메일과 카이트 실드를 들고 있었다. 이런 가난한 영지에서 무장할 수 있는 수준을 넘어섰다. 최소한 부유한 백작 이상의 영지나 수도의 방위를 맡은 중앙군 수준이 되어야만 할 수 있는 무장이다.

곤은 이들을 무장시키기 위해서 막대한 돈을 퍼부었다.

만약 리토스 자작이 모아놓은 상당한 양의 재물이 없었다면 갑옷은커녕 나무로 만든 라운드 실드 정도로 무장시켜야 했을 것이다.

"오, 멋지구려. 정말 빛이 번쩍번쩍 나오."

노기사 스톤과 에리크가 동시에 탄성을 내뱉었다. 비록 얼마 되지 않는 병력이지만 이렇듯 완벽하게 무장해 놓으니 세상 어디에 내놔도 빠지지 않는 멋진 군대가 된 것이다.

또한 그동안의 엄청난 훈련으로 병사들의 군기는 꽉 잡혀 있었다.

내리쬐는 태양빛 아래서도 눈썹 하나, 눈동자 하나 깜빡이지 않았다.

노기사들이 보기에는 대단한 군기였다. 이토록 빨리 제대로 된 군인이 되다니 씽과 안드리안의 수완이 놀라울 따름이었다.

"때깔은 좋다만, 그런데 우리 병사들의 무력은 어느 정도 되나?"

궁금증을 참지 못한 스톤이 곤에게 은근하게 물어왔다. 다른 자들도 그들의 말에 귀를 기울였다.

병사들도 마찬가지였다. 바로 앞에서 곤과 스톤이 대화를 나누니 듣지 못할 리가 없었다. 엄청나게 혹독한 훈련의 연속. 그것을 간신히 버텨냈지만, 자신들이 얼마나 강해졌는지 짐작이 가지 않았다. 그렇기에 궁금한 것이다.

"잘 정비된 중앙군과 집단전을 한다면……."

"한다면?"

"최소 삼 개 백인대와 자웅을 겨룰 수 있을 것이고, 난전이 펼쳐진다면 최소 두 개 백인대를 견딜 수 있을 것입니다."

곤의 말에 모두의 입이 떡 벌어졌다. 특히 병사들은 믿을 수 없다는 표정을 지었다.

아슬란 왕국은 허술한 나라가 아니었다. 제국과도 자웅을 겨룰 수 있을 만큼 국력이 대단한 나라였다. 그런 아슬란 왕국의 중앙군의 무력은 상상을 초월했다.

조금 과장을 덧붙이자면 한 개 군단, 약 4만 명으로 3공국 연합체 중에서 중야를 밀어버릴 수 있다고 할 정도이다.

그런 중앙군의 두 배, 혹은 세 배의 병력과 맞상대할 수 있다고?

본인들도 믿을 수 없는 것이 어찌 보면 당연했다.

"자네, 그렇게 안 봤는데 허풍이 과하구만."

곤은 엷은 미소를 지었다. 하긴 이들의 입장에서는 믿을 수 없는 것이 당연했다. 하지만 곤은 장담할 수 있었다.

병사들이 견뎌낸 훈련의 수준은 보통 힘든 것이 아니었다. 이들의 체력은 이미 평범한 기사들의 수준을 넘어섰다. 만약에 마나를 다룰 줄 알고 말을 탈 줄 안다면 기사단과도 붙을 수 있다고 말했을 것이다.

어쨌든 상대가 없는 이상 이들의 무력을 증명할 방법은 없었다.

"사부님, 제자가 궁금한 것이 있습니다."

헤즐러가 곤에게 다가와 물었다.

"무엇을 물어보고 싶으냐?"

곤이 부드럽게 말했다.

"왜 거금을 들여 병사들과 용병들을 무장시킨 것입니까?"

"내가 왜 거금을 들여 병사들과 용병들을 무장시킨 것 같으냐?"

곤이 되물었다. 그는 헤즐러와 대화할 때면 곧잘 이런 대화법을 썼다. 한 번이라도 더 헤즐러가 상황에 대해서 생각했으면 하는 의도에서였다. 예상외로 헤즐러는 총명하여 곤이 하는 말의 의미를 잘 알고 따라주었다.

"영지의 강인함을 보이기 위해서인가요?"

"맞다. 그리고 실질적으로도 그렇고. 이제는 어떤 상대가 와도 순순히 물러서지 않겠다는 너의 의지를 보여주는 것이다."

헤즐러는 해맑은 미소를 지었다. 소년은 사부와의 문답이 즐거웠다. 지금까지 모르고 있던 어떤 사실을 알게 된다는 것은 소년에게 큰 기쁨이었다.

"또 하나."

"또 있나요?"

"그래, 영지민에게 자부심을 주기 위해서란다."

"병사들이 무장하는 것이 영지민들에게 자부심을 줄 수 있나요?"

"당연하다. 강한 병사, 강한 기사는 곧 영지의 무력을 상징한다. 그것은 소속감이다. 소속감이 생기면 자부심이 생기고, 충성도가 높아진다. 만약 병사들이 자신을 보호하지 못할 것이란 불안감이 든다면 그것은 영지의 이탈로 이어진다. 불안감은 전염병과 같아서 한번 퍼지면 걷잡을 수가 없다. 하지만 자부심과 충성심이 강하면 미리 이탈자를 잡을 수가 있지.”

“아하!”

헤즐러는 그제야 이해가 된다는 듯 탄성을 내뱉었다.

“좋아, 그럼 손님들을 영접하러 마중을 나가자꾸나.”

“넵, 스승님.”

곤의 말과 함께 게론이 용병들과 병사들을 움직였다. 그들은 일사불란하게 움직이며 마을을 향해서 내려갔다.

*　　　*　　　*

헬리온 백작령에 속한 엔트 남작, 그루도 남작, 란드 남작이 말머리를 나란히 하여 헤즐러 남작의 영지로 들어서고 있었다.

그들 뒤에는 각각 가문을 상징하는 깃발과 스무 명의 기사, 100명의 병사가 따랐다.

남자들의 표정이 좋지 않았다. 흡사 이웃사촌이 땅을 사서 배가 아플 때와 무척이나 비슷했다.

사실 그들로서는 배알이 꼴리지 않을 수 없었다. 자신들보다 훨씬 영지민의 숫자도 적고 세금도 별로 나오지 않는 고켈리온 남작의 가문이었다. 그들의 입장에서는 다스리기 번

거로워 거저 준다고 하더라도 마다할 땅이다.

켈리온 남작이 죽었다고 들었을 때, 그 영지는 곧 파탄이 날 것이라 생각했다.

아니나 다를까, 리토스 자작이 침을 바르고 고 켈리온 남작의 영지를 침탈했다.

그런데 이게 어찌 된 일일까.

영지전에서 패한 리토스 자작은 죽고 식솔과 기사들은 몰살을 당했다고 한다.

꼬마 영주의 영토는 단숨에 두 배로 늘었고 인구수와 영지력의 모든 것이 높아졌다. 그들의 영지력을 월등하게 넘어선 것이다.

"도대체 그 꼬맹이가 무슨 수로 리토스 자작과의 영지전에서 이겼을까요? 아무리 생각해도 믿을 수가 없군요."

100킬로그램은 나갈 듯한 거구의 엔트 남작이 코를 후벼 판 후 신경질적으로 튕겨내며 말했다. 그가 움직일 때마다 말이 힘겹게 혀를 쭉 내밀었다.

"저에게 정보가 있지요."

얼굴이 무척이나 길어 말을 닮은 그루도 남작이 다 알고 있다는 듯 입술을 뒤틀었다.

"무슨 정보를 말입니까?"

덩치가 작고 얌생이처럼 생긴 란드 남작이 그루드 남작에게 귀를 기울였다.

"리토스 자작이 자랑하는 칠살의 기사단 말입니다."

"그자들이 뭐요?"

"칠살의 기사단 중 한 명이 배신을 때렸다고 합니다."

"정말입니까?"

"그렇다니까요. 배신한 자가 동료들을 독으로 중독시킨 후 영지전에 내보냈으니 패하는 것은 어찌 보면 당연한 일 아니겠습니까."

"그렇지요. 아무리 칠살의 기사들이라고 하더라도 중독된 상태에서는 싸울 수가 없지요."

란드 남작은 옳거니 하는 표정으로 고개를 끄덕였다.

"그럼 배신한 칠살의 기사는 누굽니까? 알 수 있습니까?"

란드 남작이 물었다.

"당연하지요. 이번 영지전에서 칠살의 기사 중에 다섯 명이 죽었다고 합니다. 남은 자는 바이퍼란 자와 레빗이라는 여기사. 그중에서 바이퍼는 영지를 떠났다고 합니다."

"그럼 레빗이라는 여기사가 배신을?"

"그렇지 않을까 합니다. 그 레빗이라는 여기사는 동료를 배신한 대가로 엄청난 보상을 받았을 테니까요. 모르긴 해도 거금을 받고 기사단장 정도는 하고 있겠지요."

"하아, 배은망덕한 년이로세. 아무리 돈과 직위가 좋다고 하지만 한솥밥을 먹던 동료들을 죽음으로 몰아넣다니."

"아주 몹쓸 년이지요."

"흐흐, 이번에 우리 기사들한테 걸리면 아주 본때를 보여 주겠습니다. 자신들이 얼마나 허무할 정도로 약한지."

"그게 재밌겠습니다. 다 같이 그년과 꼬마 영주의 기사들을 혼내줍시다."

"그럽시다."

세 남작은 의기투합했다.

헤즐러에게 배알이 심하게 꼬인 그들은 어떻게든 꼬투리를 잡아 꼬마 영주의 명예를 땅에 떨어뜨리고 싶었다.

그때였다.

그들의 뒤쪽에서 흙먼지가 심하게 일어났다.

세 남작의 뒤로 각각의 기사들이 다가와 말했다.

"헬리온 백작 각하십니다."

"아! 모두 옆으로 물러서라!"

세 남작은 기사들과 병사들에게 명했다. 그들은 모두 백작령에 속한 귀족들이다. 즉 헬리온 백작은 그들의 주군과도 같았다. 절대로 눈 밖에 나서는 안 되었다.

물론 전체적인 무력도 상대가 되지 않았다.

헬리온 백작은 두 개 기사단을 보유했고, 강병으로 소문난 병사만 이천 명에 달했다. 예비군은 그보다 세 배는 많았다.

대략 백 명에서 삼백 명 정도의 병사뿐인 남작들의 영지력과는 말 그대로 하늘과 땅 차이가 났다.

헬리온 백작이 빠른 속도로 다가왔다. 그가 다가올수록 엄청난 위압감이 주위를 가득 메웠다. 헬리온 백작에게서만 나오는 기운이 아니었다. 그를 호위하고 있는 기사단 역시 개개인이 월등한 무력을 갖췄다.

헬리온 백작의 옆에는 인프 자작과 폴리트 자작이 따르고 있었다. 거대한 덩치의 인프 자작은 괴력으로 소문이 난 기사였고, 폴리트 자작은 5서클 마스터의 메이지였다.

그들은 헬리온 백작의 최측근들이다.

둘의 세력까지 합치면 헬리온 백작의 군사력은 심히 엄청나다고 할 수 있었다.

"워~ 워~"

헬리온 백작이 양옆으로 비켜선 남자들 사이에서 말을 세웠다.

"엔트 남작, 그루도 남작, 란드 남작 아니신가."

"예, 헬리온 백작 각하를 뵙습니다."

세 남작은 쌍둥이의 합창처럼 동시에 말했다. 토씨 하나 다르지 않아 듣는 이가 이상한 느낌을 받을 정도였다.

"아, 그래. 어쨌든 서두르시게. 헤즐러 남작의 자작 승격인데 늦으면 쓰겠소?"

"그, 그렇습니다."

고개를 숙인 세 남작은 똥 씹은 표정을 지었다. 꼬마 영주가 희희낙락할 생각을 하니 갑자기 멀쩡한 배가 아파오는 것 같았다.

"그럼 먼저 가겠소. 세 분도 서두르시오. 이럇!"

헬리온 백작은 말고삐를 당겼다. 그의 말이 출발하자 인프 자작과 폴리트 자작, 오십 명의 기사가 일시에 출발했다. 그들이 데리고 온 병사는 없었다.

헬리온 백작 일행은 빠르게 세 남작의 시선에서 사라져 갔다.

"후, 백작 각하 말씀대로 우리도 발걸음을 재촉합시다."

엔트 남작이 길게 한숨을 내쉬며 말했다.

"그러도록 하지요."

나머지 남작들도 고개를 끄덕였다.

괜히 작위식에 늦어서 헬리온 백작에게 미운털이 박히고 싶지는 않았다.

*　　　*　　　*

마을 중앙 광장에 도착한 인프 자작과 폴리트 자작은 오 열로 정렬해 있는 병사들을 보며 내심 놀라고 있었다. 그들은 헬리온 백작과 함께 오랜 시간 전장을 누벼왔다.

헬리온 백작에게 투신이라는 별명이 붙는 데 그들도 크게 한몫했다고 해도 과언이 아니다.

인프 자작은 흑풍의 검으로, 폴리트 자작은 붉은 별 메이지로 불릴 만큼 전장에서는 상당한 전과를 올렸다.

그런 그들이 보기에도 눈앞의 병사들은 상당한 강군이었다.

겨우 백 명이라고 하더라도 무시할 수 있는 수준의 것이 아니었다.

더욱 놀라운 것은 그들의 앞에 서 있는 검은 무복에 블레스트 플레이트를 걸친 자들이었다.

뒤쪽의 병사들은 칼과 같은 군세를 내뿜고 있는 반면, 그들의 기질은 무척이나 거칠어 보였다. 그들의 기운은 뻗친 머리카락처럼 중구난방으로 발산되고 있었다.

그렇지만 그들이 한꺼번에 내뿜는 기운은 가히 가공할 만했다.

초대받은 귀족들을 향해 게론이 앞으로 나섰다. 게론은 조금도 기죽지 않은 눈빛으로 그들을 바라보았다. 귀족들의 입장에서는 당돌하게 보일 수도 있는 눈빛이다.

그렇다고 해도 게론은 귀족들에게서 눈을 돌리지 않았다. 곤은 그에게 사열식을 하되 절대로 얕보이지 말라고 당부했다.

게론 역시 죽어도 그럴 생각이 없었다.

헬리온 백작이라면 모를까, 제국의 성도를 탈출하며 제국의 추적자들과 사투를 벌이며 살아남았다는 자부심이 그에게는 있었다.

겨우 하급 귀족들 따위의 협박에 '죄송합니다. 제가 잘못했습니다. 목숨만 살려주세요'라고 말하던 게론은 곤을 만난 이후로 사라졌다. 그때와 비교해 완전히 다른 사람이라고 봐도 무방했다.

"귀한 발걸음으로 영지를 찾아주신 손님들께 군례!"

게론은 크지 않은 음성으로 절도 있게 말했다.

동시에 용병들은 검을 하늘 위로 뽑아 올렸고, 병사들은 일사불란하게 창을 하늘을 향해서 찔렀다. 아주 단순한 행위임에도 그 위세는 엄청났다.

그들이 내뿜는 기세는 귀족들과 그들을 호위하는 기사들을 파도처럼 휩쓸어 버렸다.

인프 자작과 폴리트 자작이 타고 있던 말들이 놀라서 앞발을 들 정도였다.

저런 기질을 가진 자들은 용병이다.

하지만 개개인이 기사들에게 필적한다. 검술의 자유로움으로 봐서는 기사들보다 강할 수도 있었다.

인프 자작과 폴리트 자작이 알기에는 개개인이 기사 급에 해당하는 용병단은 전 대륙을 뒤져도 단 세 개뿐이다.

다섯 하이랜더 중 한 명인 호크랜더가 이끄는 호크랜더 용병단.

9마룡 중 하나인 프라이즈가 이끄는 프라이즈 용병단.

21 다크 나이트 중 한 명인 아리아가 이끄는 아리아 용병단.

이들은 용병이면서도 일개 용병이 아니었다. 어떤 나라에 가도 백작 이상의 작위를 받을 수 있는 자들이었다.

실력은 또 어떠한가.

각각이 말 그대로 대륙의 역사에 남을 최강자 중의 한 명이었다.

대등한 전력을 가진 왕국들끼리 전쟁이 벌어지면 저들을 영입하기 위해서 사력을 다한다. 저들이 끼어드는 순간 전쟁의 판도가 판이하게 변하기 때문이다.

더군다나 용병의 숫자가 일천 명을 넘어간다. 전원이 기사급의 전투력을 가졌다는 것은 부풀려진 말이겠지만 약하지 않다는 것만큼은 확실했다.

그런데 그런 그들과 비슷한 급수의 용병들이 눈앞에 버젓이 있으니 어찌 놀라지 않을 수가 있을까.

"각하, 꼬마 영주의 수하에 저런 자들이 있다는 소리는 듣지 못했습니다. 조금 거리를 두시지요."

군사 역할을 하는 폴리트 자작이 다가와 헬리온 백작에게 작게 속삭였다.

특히 눈에 띄는 서른 명의 기사 급 용병들. 저들이 날뛰기 시작하면 이쪽도 상당한 피해를 입을 수 있었다. 그렇기에 애초부터 헬리온 백작과 용병들과의 거리를 두려 한 것이다.

하지만 헬리온 백작은 고개를 흔들었다.

"저들은 곤의 수하들이오."

"곤이란 말씀입니까."

"그렇소."

헬리온 백작의 명령으로 폴리트 자작은 곤의 행적을 조사했다. 그의 행적을 찾기란 쉽지가 않았다. 하늘에서 뚝 떨어진 것처럼 곤은 갑자기 나타났다.

그러던 중 우연찮게 곤이 제국의 특급 블랙리스트에 올라 있다는 것을 알았다.

제국과 아슬란 왕국은 오랜 기간 견원지간이다. 당연히 양국에는 셀 수도 없을 만큼 많은 첩자가 곳곳에 숨어 있다.

특히 제국의 귀족으로 살고 있는 간자가 넘겨준 정보 덕분에 곤에 대해서 알 수가 있었다.

제국은 쉬쉬하지만 성도에서 일어난 대규모 학살 사건, 그 중심에 곤이란 자가 있었던 것이다.

곤.

처음에는 그저 그런 기사로 여겼지만 지금은 생각을 달리하고 있다.

그는 위험한 인물이다.

포섭을 하든지 죽이든지 이번 일이 끝나면 확실히 결정해야 했다.

그리고 곤의 수하들을 확인한 순간, 폴리트 자작은 확신했다. 이자는 생각보다 훨씬 위험한 인물이었다. 호랑이를 품 안에서 기를 수는 없었다. 죽여야 했다.

"폴리트 자작."

"예, 각하."

"자네가 무슨 생각을 하는지는 알고 있소. 그러나 이곳에서는 아무런 일도 일어나지 않을 것이오. 하니 일단은 즐깁시다. 곤이란 자는 천천히 알아보기로 하고."

"알겠습니다. 명심하지요."

폴리트 자작은 고개를 끄덕였다.

병사들 앞에 서 있던 헤즐러가 앞으로 나와 헬리온 백작에게 예를 갖췄다.

"먼 길을 와주셔서 감사합니다, 헬리온 백작 각하."

"자네도 수고가 많네. 영지 일로 바쁠 터인데 이렇게 마중까지 나와줘서 고맙네."

헬리온 백작도 예의를 갖춰 헤즐러를 대접해 주었다. 비록 어리지만 자작의 신분으로 승급한다. 훗날 이 꼬마가 어떻게 성장할지 아무도 알 수 없었다.

일단은 나쁘지 않게 지내는 편이 좋을 듯했다. 꼬마 영주의 옆에 있는 곤도 신경이 쓰였다.

"별말씀을요. 헬리온 백작 각하께서 오셨는데 저택에 앉아 맞이하는 것이 더욱 외람된 일이지요. 안에 만찬이 준비되어 있습니다. 자리를 옮기시지요."

"그러도록 하지."

헬리온 백작이 고개를 끄덕였다.

헤즐러 남작은 말에 올라탔다. 소년은 헬리온 백작과 말머리를 나란히 하여 저택으로 향했다.

수십 명이 넘는 기사들이 그들의 뒤를 따랐다.

마을 광장에 남은 사람은 헤즐러 남작 수하의 병사들과 세 남작의 수하인 병사들뿐이다. 조금 전의 군례로 인해서 심기가 불편한 귀족들의 기사들이었다.

귀족들이 떠나자 그들의 눈이 서로 마주쳤다.

Chapter 3. 전사의 자존심

여느 영주라면 으레 있을 법한 성도 없다. 당연히 성을 보호할 해자도 없다. 적의 침입에 경계할 첨탑도 보이지 않았다.

그저 낮은 담과 오십 명가량이 거주할 수 있는 2층 저택이다였다. 제법 고풍스러운 저택이지만 홀몬 산맥과 맞닿아 몬스터들의 습격이 비일비재한 곳의 영주가 거주하는 곳이라고는 믿기지가 않았다.

당연히 연회장도 작았다. 기껏해야 서른 명 정도 들어서면 꽉 차는 느낌이 들 정도였다.

헬리온 백작령에 속한 십여 명의 귀족이 임관식에 참가했지만 못마땅한 표정들이 역력했다.

특히 꼬마 영주에게 배가 아픈 엔트 남작과 그루도 남작, 란드 남작의 불만은 대단했다. 아예 다른 귀족들에게 꼬마 영주에 대해서 험담을 늘어놓고 다녔다.

"정말 기가 차네요. 겨우 이런 저택에 사는 주제에 공무에 바쁜 우리를 초대하다니 최소한의 성의도 없어요."

엔트 남작이 투실투실한 턱살을 흔들며 불평을 터뜨렸다.

"그러게 말이에요. 음식 맛도 형편없고. 어려서 그런지 어른을 대우할 줄 모르네요."

"그거 아세요? 꼬마 영주가 이번 영지전에서 승리하기 위해서 아주 더러운 일을 꾸몄다고 하더군요."

엔트 남작의 말에 다른 귀족들의 귀가 솔깃했다. 그렇지 않아도 마음에 들지 않는 꼬마 영주. 소년의 약점을 잡을 수만 있다면 뭐든지 할 수 있을 듯했다.

그는 칠살의 여기사가 동료들을 배신하고 대결을 앞둔 시점에 약을 먹여 중독시켜 패배하게 만들었다고 얘기했다. 여기사는 헤즐러 남작에게 거액을 받았고, 그뿐만 아니라 기사단장으로 취임했다고까지 했다. 그 외에도 귀가 더러워질 얘기를 마치 눈앞에서 본 것처럼 끊임없이 얘기했다.

"그럼 그 여기사가 여기에 와 있는 것이오?"

"아마도 그렇지 않겠소. 저기, 저기 있네."

그루도 남작이 눈치를 보며 안드리안을 가리켰다. 붉은 머리가 무척이나 강렬한 느낌의 여인이다. 언뜻 봐도 무척이나 대가 세 보였다.

"뻔뻔한 년이구려."

"그렇지요. 동료들을 사지로 몰아넣고 혼자서 배를 불린 나쁜 년이지요. 물론 그것을 사주한 꼬마 영주도 만만치 않지만."

인프 자작과 폴리트 자작 역시 그들의 말을 힐끗 들었지만 개의치 않았다.

오히려 곤이라는 자가 어떻게 반응할까 그것이 궁금했다. 그들은 곤이라는 자의 눈치를 살폈다. 그 소문이 사실이든 아니든 반응을 보일 것이라 예상했다.

하지만 의외로 곤과 그의 동료들은 아무런 반응도 보이지 않았다.

오히려 귀족들의 얘기를 넌지시 듣고는 한참 웃기도 했다.

인프 자작과 폴리트 자작으로서는 이해가 되지 않는 부분이다.

곤이 제국의 특급 수배자인 것을 알고 있다. 하지만 그뿐, 이자가 왜 이곳에 나타났는지 의도는 파악하지 못했다. 엄청나게 위험한 인물이지만, 제국과 적대하는 나라에서는 꽤 쏠쏠한 이득을 얻을 수 있는 자이기도 했다.

하지만 그가 다른 곳도 아닌 다 망해가는 꼬마 영주에게 눌러앉은 까닭을 아무리 생각해도 알 수가 없었다.

그리고 일단 눌러앉았다면 자신의 주군을 저렇듯 욕하는데 가만있을 수가 있는가. 기사 된 도리로 저런 행동은 무척이나 불경한 것이다.

그런데 인프 자작과 폴리트 자작은 눈을 의심할 만한 장면을 목격했다.

꼬마 영주와 그를 호위하는 두 명의 노기사가 나타났다. 꼬마 영주가 종종걸음으로 곤에게 다가가 허리를 숙여 인사를 하는 것이 아닌가.

영주가 기사에게 먼저 인사를 하는 해괴망측한 광경을 본것이다.

"자네 저런 일이 있을 수 있다고 생각하는가?"

믿을 수 없다는 듯이 인프 자작이 폴리트 자작에게 물었다.

"당연히 믿을 수 없지. 도대체 이 영지는 어떻게 돌아가고있는 거지?"

알면 알수록, 느끼면 느낄수록 기괴한 분위기가 풍기는 마을이 아닐 수 없었다.

"무슨 얘기를 그렇게 즐겁게 하십니까, 스승님?"

헤즐러가 곤에게 다가갔다. 이미 임관식을 하기 위한 준비를 모두 맞췄는지 헤즐러는 꽤나 멋진 의복을 입고 있었다.

아리안과 바넬이 잠도 줄여가며 열흘에 걸쳐서 만든 의복이라고 하였다.

"음, 저 돼지들에게서 무척이나 재미난 얘기를 들어서 그렇단다. 그나저나 헤즐러, 멋지구나."

곤은 헤즐러의 의복을 칭찬했다.

소년은 스승의 칭찬에 얼굴이 금방 붉어졌다.

"과찬이십니다, 스승님."

"아니다. 이제야 제대로 된 귀족 티가 나는구나."

"모두 스승님 덕분입니다."

"내가 말하지 않았더냐. 힘은 내 것이나 내 힘을 움직이는 의지는 너의 것이다. 네 선택의 결과가 바로 이것이니라."

"선택의 결과… 어떤 선택도 신중하게 하라는 가르침으로 받겠습니다. 그나저나 돼지들이라 하심은?"

"저들을 말한다."

곤이 턱 끝으로 모여 있는 다섯 명의 귀족을 가리켰다. 곤이 가리킨 그들은 무엇이 재밌는지 킥킥거리며 소리 낮춰 웃고 있었다.

"저들이 무슨 짓을 하였기에……."

헤즐러는 고개를 갸웃거렸다.

"저들의 말에 따르면 영주님은 어리지만 아주 극악무도한 사람이고, 저는 동료들을 팔아치워 사리사욕을 채운 여기사라고 하네요."

입을 가리고 웃던 안드리안이 곧 대신 조리 있게 설명해 주었다.

"네?"

전후 사정을 알 수 없던 헤즐러는 안드리안의 말을 이해하지 못했다.

"그러니까요……."

안드리안은 처음 있던 일부터 지금까지의 상황을 자세히 설명해 주었다.

그녀의 말을 들은 헤즐러는 물론 스톤과 에리크마저 실소를 감추지 못했다.

어쩌다 일이 그렇게 됐을까.

실상 저들이 말한 여기사 레빗은 용병들의 막내로 편입되어 정말로 빡시게 매일 토하고 자빠지며 눈물이 마를 날 없이 구르고 있었다.

아마 자신이 긍지 높은 기사였다는 것은 머릿속에서 싹 사라지고 없을 것이다.

"자, 그럼 자네들도 준비하게. 곧 임관식이 시작되네."

스톤의 말에 모두가 고개를 끄덕였다.

*　　　*　　　*

임관식은 조촐했다.

지켜보는 사람도 서른 명 안팎이 전부였다. 그럼에도 헤즐러와 두 노기사, 켈리온 남작 가문을 지켜온 가신들은 벅찬 감격을 지울 수가 없었다.

언제 영지가 망할지, 모두가 쫓겨나게 될지 걱정하던 날이 얼마 지나지 않았다.

그런데 상황은 급반전하여 헤즐러가 남작에서 자작으로 승급하게 된 것이다.

이제는 켈리온 남작 가문이 아니라 헤즐러 자작 가문으로서 새롭게 탄생하게 된 것이다.

헬리온 백작 앞에 꼬마 영주가 무릎을 꿇었다. 헬리온 백작은 검을 꺼내 꼬마 영주의 머리와 어깨를 살짝 두드렸다.

"위대하신 페드로 섭혈제를 대신해 나 헬리온 백작이 그대에게 작위를 임명하겠노라. 나는……."

은근히 헬리온 백작의 연설은 길었다. 처음에는 감명이 깊었다지만 시간이 지나니 지루해졌다. 곤과 씽, 안드리안의 지루함은 특히 더했다.

오직 헤즐러의 가신들만이 감격에 겨워 작위 승급을 바라보고 있을 뿐이다.

무릎을 꿇고 있던 헤즐러도 슬슬 다리가 저린 모양이다. 무척이나 경건해 보이던 소년의 몸이 조금씩 뒤틀리는 것을 보면.

어쨌든 초대된 귀족들이 증인 선서를 하는 것으로 임관식은 끝을 맺었다.

이제 남은 것은 먹고 즐기는 파티였다.

처음에는 불평불만을 터뜨리던 세 남자도 술이 거하게 들어가자 호탕하게 웃으며 허풍을 늘어놓았다. 대부분 자신들이 기사들과 함께 제국에 맞서 싸우며 얼마나 큰 공을 세웠는지에 대한 얘기였다.

그다지 신경 쓸 필요가 없는 허접한 정보뿐이었다.

헤즐러는 사람들에게 축하를 받느라 정신이 없어 보였다. 자작으로 승급했지만 아직 실감이 나지 않는 표정이다.

곤과 씽, 안드리안은 한쪽 구석으로 자리를 옮겨 와인을 홀짝거렸다. 이런 자리가 마음에 드는 것은 아니지만 최소한의 예의는 갖춰 파티가 끝날 때까지는 자리를 지킬 셈이다.

헤즐러의 얼굴에 먹칠을 할 생각은 없으니까.

헬리온 백작이 와인 잔을 들고 곤에게로 다가왔다.

곤은 그가 먼저 접근할 것이라 예상하고 있었다. 그가 먼저 헬리온 백작에게 접근할 수는 없는 노릇이었다. 먼저 접근한다는 것은 지금의 상황에서 칼자루를 넘겨준다는 것과도 같으니까.

조바심을 내는 쪽이 지는 것이다.

"나는 헬리온 백작이네. 본 적이 있지?"

다가온 헬리온 백작이 여유가 넘치는 말투로 말했다.

저번에도 느꼈지만 확실히 다른 귀족과는 차원이 다른 기풍을 풍긴다. 제국에서 가장 많이 부딪친 샤를론즈와는 또 다른 위압감이었다. 그녀가 맹독을 가진 초위험군 생물의 느낌이라면, 헬리온 백작은 늑대와 같은 느낌을 주는 사내였다.

"예, 각하. 오랜만에 뵙습니다."

곤은 헬리온 백작에게 고개를 숙였다. 조선은 조선만의 법도가 있듯이 이곳에도 맞는 법도가 있게 마련이다. 곤은 그것을 벗어날 생각이 없었다.

굳이 일부러 적을 만들 필요는 없었다.

비굴하지 않게, 당당하게 상대를 대우해 주면 된다.

둘의 눈빛이 부딪쳤다. 서로가 고개를 돌리지 않았다. 할 말이 있으면 먼저 하라는 눈빛이다.

헬리온 백작은 내심 놀랐다. 사람들은 그를 가리켜 호랑이의 눈빛을 가진 사람이라고 했다. 이유인즉 눈빛에 워낙 강한 힘이 담겨 있어 마주치는 즉시 기가 죽기 때문이다.

이제껏 그와 당당하게 눈을 마주칠 수 있는 사람은 손에 꼽을 정도이다.

대아슬란 왕국의 왕태자는 그의 눈을 마주치면 오줌을 지릴 정도였다.

한데 출신도 명확하지 않는 곤이 자신과 눈을 마주치고도 조금도 기세가 죽지 않으니 놀랄 수밖에 없었다.

"헤즐러 자작이 사람을 잘 거두었군."

헤즐러와 곤의 관계를 알 수 없는 헬리온 백작이 진심으로 감탄하며 말했다.

"그렇습니까."

곤은 애매하게 말을 흐렸다.

"내가 리토스 자작과 어떤 일을 하려는지 알고 있었는가?"

헬리온 백작은 그의 성격답게 단숨에 직설화법으로 곤에게 물어왔다.

리토스 자작과 어떤 일을 하려는지 알고 있었느냐, 이것은 너의 땅에 무엇이 있는지 알고 있느냐를 돌려서 말한 것이다.

곤의 입장에서는 대답하기 위험한 질문이었다.

리치 킹의 광대한 유물.

주도권은 곤이 쥐어야겠지만, 헬리온 백작을 자극하여 기분을 상하게 한다면 되로 주고 말로 받을 수가 있었다.

막말로 헬리온 백작이 어떤 꼬투리를 잡고 꼬마 영주를 칠 수도 있는 문제였다. 물론 그 지경까지 가게 되면 양쪽은 건너지 말아야 할 강을 건너게 되는 것이다.

"그렇지 않아도 각하와 담소를 나눠야 하지 않을까 생각했습니다."

"알고 있었다는 소리군."

"아주 우연히 알게 됐습니다. 저희는 절박했으니까요. 리토스 자작의 약점을 찾기 위해 모든 정보를 닥치는 대로 수집했습니다. 그 와중에 알게 된 것입니다."

"정보라……. 당시 영지에는 제대로 된 병사도 없던 것으로 기억하는데."

리토스 자작이 갑자기 영지전을 받아들인 것이나, 헬리온 백작을 영지 내로 끌어들인 것이나 모든 상황이 헤즐러 자작에게 유리하게 딱딱 아귀가 맞아 돌아가고 있었다.

하여 헬리온 백작은 곤에게 사설 정보 조직이 있는 것이 아닌지 의심했다. 마을 광장에서 본 엄청나게 강화된 병력을 본 순간 의심은 확신으로 변했다.

영지전이 끝나고 겨우 한 달 남짓.

겨우 병사라고 구색만 맞추고 있던 자들이 너무도 확연하게 변했다.

이것은 모두 곤의 작품.

이런 자가 정보 조직을 운영하지 않을 리 없었다.

곤도 헬리온 백작이 어떤 의도로 묻는지 알고 있었다.

"저의 수하 중에 정보 길드에 있던 자가 있습니다. 하여 그의 도움을 받았을 뿐입니다."

"그 수하가 누군지 볼 수 있겠나?"

곤의 미간이 살짝 좁혀졌다.

"각하께서 궁금하신 것은 그것이 아닐 텐데요."

키스톤과 슈테이는 곤의 비밀 병기나 마찬가지다. 아무리 무력이 강하다 하더라도 정보가 없으면 힘만 센 장님이요, 귀머거리가 되고 만다.

절대로 이 둘을 다른 귀족에게 노출시킬 수는 없었다. 또한 키스톤과 슈테이를 중심으로 정보 조직을 만들려는 곤이다. 초반부터 계획이 엇나가는 꼴은 보고 싶지 않았다.

하여 곤은 그들을 보여주고 싶지 않다는 말을 명확히 했다.

헬리온 백작이 듣기에는 기분이 나쁠 수도 있었다.

역시나 헬리온 백작의 미간이 좁아지며 송충이처럼 두꺼운 눈썹이 꿈틀거렸다.

"뭐, 다른 영지의 상세한 전력을 가르쳐 달라는 것이 염치없는 짓이구만. 좋아, 단도직입적으로 말하겠네. 이곳에 우리 조사단을 파견하고 싶네."

"그러도록 하시지요."

헬리온 백작은 고개를 갸웃거렸다. 예상외로 곤이 시원시원하게 대답했기 때문이다. 그러면 리치 킹의 유물의 존재와 그 가치에 대해 알고 있을 것이라 여겼기에 의아했다.

솔직히 곤이 제안을 한다면 2할까지 떼어내 줄 생각도 가지고 있었다.

"정말인가?"

"정말이지요. 단."

"단?"

이 능구렁이 같은 자. 역시 곤이란 자의 말은 곧이곧대로 받아들이면 안 된다. 심계가 무척이나 치밀하고 고약하다.

"저희도 조사단에 참여하겠습니다."

"그게 무슨 소리인가?"

"말 그대로입니다. 저희도 조사단에 참여하고 싶습니다. 그런 위대한 유물을 눈 뜨고 모두 뺏길 수는 없지요."

그 말은 경쟁하자는 소리였다. 누가 먼저 유물을 손에 넣을 지.

헬리온 백작은 코웃음을 쳤다. 트레저 헌터의 말에 따르면 리치 킹의 던전 입구에는 강대한 결계가 형성되어 있다고 하였다. 그것을 해제할 수 있는 자는 오직 자신이 새롭게 영입한 수하뿐이었다.

헬리온 백작도 결계를 해제하지 못한다.

즉 곤은 욕심에 눈이 멀어 자신에게 내기를 제안한 셈이다. 듣던 중 반가운 소리였다.

"정말로 그것을 원하는가? 그곳은 무척 위험한 곳이네. 자네의 무력은 인정하네만 그곳은 무력만으로 탐험을 할 수 있는 곳이 아니라네."

"충분히 감내하고 있습니다."

"마지막으로 묻겠네. 정말로 그리하겠는가."

"네."

"흠."

자신만만한 곤의 태도.

헬리온 백작은 자신이 모르는 다른 방법이 있는 것이 아닌가 생각해 보았다. 하지만 아무리 생각해 보아도 곤이 던진 안으로 들어갈 방법은 없었다.

"좋아, 그리하도록 하게."

"넓으신 아량으로 이해해 주시니 감사드릴 따름입니다."

"나중에 후회는 하지 말게나."

"절대로 그런 일은 없을 것입니다."

"좋아, 그럼 문서로 작성하면 되겠군."

"그러도록 하시지요. 안으로 모시겠습니다."

곤은 헬리온 백작을 데리고 응접실로 가 계약서를 작성하려고 하였다.

그때였다.

엔트 남작의 병사들이 다급하게 저택 안으로 들어서며 외쳤다.

"큰일 났습니다! 마을에서 큰 싸움이 났습니다!"

*　　　*　　　*

게론은 처음부터 저들이 마음에 들지 않았다.

상관이 없어지자마자 짝다리다.

만약 씽이 봤다면 어떤 얼차려가 돌아왔을지 상상이 가지 않았다.

그럼에도 용병들과 병사들은 곤과 영주들이 사라질 때까지 움직이지 않았다.

병사들은 그들을 비웃었다.

"크크크, 뭐하는 거야? 병신들."

"그러게. 하여간 겉멋만 들었네."

용병들은 그들의 대화를 듣기만 했다. 누군가는 웃고 누군가는 가만히 있다. 그들의 눈빛은 대체로 주변 모든 사람들을 우습게 보고 있었다. 아니, 정확히는 용병들과 병사들을 우습게 보았다.

그것이 그들의 분위기에서 풍겨졌다.

하나 용병들과 병사들은 그들이 뭐라 해도 꿈쩍도 하지 않았다.

속이 부글부글 끓을지는 몰라도 그들이 배운 것은 평범한 병사들과는 달랐다.

하지만 그들은 남작들이 데리고 온 병사들의 시비에는 눈살을 찌푸렸다.

레일.

엔트 남작의 병사 중에서 가장 덩치가 큰 사내가 용병들에게 다가왔다. 그가 다가간 용병은 퍼쉬였다. 퍼쉬는 용병 중에서 가장 신장이 작고 볼품이 없어 보인다.

물론 용병 중에서 식신 중의 한 명인 퍼쉬를 건드릴 사람은 없었다.

레일은 퍼쉬의 뺨을 툭툭 건드렸다.

"야이, 운만 좋은 새끼들아. 이렇게 폼 잡고 있으면 뭔가 있을 것 같나?"

퍼쉬는 슬쩍 눈동자를 돌렸다. 이제야 그의 마스터인 곤이 멀리서 사라지고 있었다.

"야, 말을 하라고!"

퍼쉬가 기가 죽은 듯한 모습을 보이자 레일은 신이 났다. 그는 아예 퍼쉬의 뺨을 잡고 잡아당겼다. 용병들은 그런 레일의 모습을 보고 기겁했다.

하지만 레일과 다른 병사들은 그런 모습을 보면서 비웃음을 지었다.

얼마나 못났으면 저런 모습일까 하고.

"야, 말을 하라고, 말을."

레일은 퍼쉬의 뺨을 툭툭 쳤다. 조금씩 강도가 강해지고 있다. 그럼에도 퍼쉬는 기다렸다. 온전히 곤의 모습이 사라지기를.

곤은 이 자리를 떠날 때 한마디를 남겼다.

'만약 저들이 시비를 걸면 최대한 참아라. 일단은.'

'그래도 시비를 걸면요?'

'그땐 알아서 해라. 뒤는 내가 책임진다.'

'알겠습니다.'

곤의 모습이 사라지자 퍼쉬의 입 모양이 살짝 변했다. 그는 자신의 뺨을 치고 있는 레일을 우스운 듯이 바라봤다.

"어라, 웃어? 야, 니들이 좀 뭐 좀 되는 것 같다고 생각하는 모양이다?"

"니들은 뭐가 좀 되나?"

퍼쉬가 되물었다.

"뭐?"

"니들은 뭐 좀 되냐고."

"니들과 우리의 갭이 얼마나 되는 줄 알아? 미친 새끼들 아니야!"

안타깝게도 놈들은 용병들을 우습게 봤다. 놈들은 아예 여럿이 몰려와 용병들과 병사들의 옆구리를 툭툭 건드리면서 심기를 건드렸다.

모두가 어금니와 주먹을 꽉 쥐고 세 남작의 병사들을 노려 봤지만 소용이 없었다. 이들은 그것이 더욱 재미있는 모양이 었다.

"덤벼보라니까, 등신들아."

레일은 양손을 등허리에 대고는 상체를 움직여서 주먹을 피하는 시늉을 했다.

"큭큭큭, 저것들, 겉만 번지르르하네. 저런 것들도 병사라 고. 영지민이 불쌍하다."

"이런 엿 같은 것들이."

용병 중에서 나이가 어린 메테가 발끈했다. 그런 그를 게론 이 막았다. 그는 주변을 돌아보며 용병들과 병사들에게 말했 다.

"모두 해산! 각각 경계 근무에 들어간다. 비번인 자들은 알 아서 쉬도록."

게론은 용병들과 병사들은 해산시켰다. 그 역시 속이 뒤집 히기는 마찬가지였다. 하지만 헤즐러의 취임식이 끝나지 않았 을 것이다. 지금 분란을 일으켜 취임식을 늦출 수는 없었다.

일을 벌인다고 하더라도 최소한 꼬마 영주의 취임식이 끝 난 다음에 해야 했다.

"큭큭큭, 저것들 봐라. 꼬랑지 말고 도망가는 것 좀 봐. 아이고, 웃겨. 우리 영지였다면 저것들은 농사나 짓고 살아야 했을 거야."

남작의 수하 병사들의 비웃는 소리가 들렸지만 그들은 대꾸하지 않았다.

*   *   *

일은 오후에 벌어졌다.

마을에는 두 개밖에 술집이 없었다. 모두 여관을 겸한 식당 및 술집이었다. 워낙 외진 곳에 있다 보니 영지를 찾는 손님도 거의 없었다. 하여 여관은 더 늘어날 수도 없었다. 그나마 여관이 유지되는 것은 마누라와 대판 싸우고 갈 곳 없는 사내들이 여관에 와서 잠을 청하기 때문이었다.

그러나 이번에는 취임식이 있기 때문에 단 며칠이지만 여관의 숫자를 늘려야 했다.

집사 텐디는 중앙 광장에서 가까운 멀쩡한 집 몇 채를 섭외하여 단 며칠간만 여관 대용으로 쓰기로 했다. 물론 집주인들에게는 그만큼의 보상을 해주었다.

헬리온 백작령의 하위 귀족들을 호위하는 병사들은 불평불만이 많았다. 이런 더러운 곳에서 어찌 자느냐며 행패를 부리기도 했다. 몇몇 집주인은 그들에게 따귀를 맞는 모욕을 당하기도 했다.

그들은 안하무인이었다.

그나마 다행인 것은 술집을 늘리지 않았다는 것. 낮에는 시장이 형성되었지만 그때도 술은 팔지 않았다.

술을 파는 곳은 마을에 오직 두 곳밖에 없었다.

마을 외곽에 있는 술집은 이미 꽉 들어찼다. 초저녁부터 술을 먹고 지들끼리 시비가 붙는 일도 잦았다.

그것은 로즈와 그녀의 아버지 타로만이 운영하는 가게도 마찬가지였다.

사람이 꽉 차면 뭘 하는가. 워낙 질이 안 좋아 평상시 같으면 절대로 받지 않는 손님들이었다.

하지만 꼬마 영주의 손님들이니 받지 않을 수도 없었다.

"하아, 정말 우리 영주님과 병사들은 신사네요, 신사. 도대체 이런 개차반 병사들이 있는 영지민들은 얼마나 고달플까요."

밀려드는 손님들로 인해서 쉴 새 없이 부엌을 드나들던 로즈가 한숨을 내쉬며 말했다. 조금 전에도 털북숭이 장한이 그녀의 엉덩이를 만지며 '오우, 탱탱한데? 몇 살이야? 오늘 밤 어때?'라는 말로 희롱했다.

화가 머리끝까지 치밀어 올랐지만 고개를 흔드는 아버지를 보며 억지로 참았다.

그런 희롱만 셀 수 없이 당했다. 저 개자식들이 하도 엉덩이를 만져 이러다가 닳지 않을까 생각했다. 아직 씽도 만져 본 적이 없는 엉덩인데.

"얼씨구!"

로즈는 기가 찼다.

이번에는 지들끼리 싸움이 붙었다. 이유는 별게 아니었다. 자신을 가리키고는 '왜 자신의 여자에게 손을 대느냐' 였다.

어이가 없는 로즈였다.

"저 자식들에게는 뇌가 없나 봐요. 도대체 무슨 생각으로 저러는지."

"그러게 말이다. 아주 질이 좋지 않은 자들이구나."

타로만 역시 눈살을 찌푸렸다. 그렇다고 로즈를 부엌에만 있게 할 수는 없었다. 타로만은 요리를 해야 했고, 나르는 건 로즈가 해야 했다. 둘의 위치를 바꿀 수는 없었다.

로즈가 하는 음식 맛은 독극물에 가까웠기에.

딸랑.

문을 여는 소리가 들렸다. 술집 안에는 워낙 소음이 심해서 문을 여는 종소리가 잘 들리지 않았다.

그러나 타로만과 로즈는 카운터 근처에 있었기에 누가 문을 열고 들어오는지 이미 알고 있었다.

게론과 페레도, 루크, 에릭, 레빗이었다. 게론과 페레도, 루크, 에릭은 모두 용병들의 조장들이다. 하지만 레빗은 아니었다.

비록 칠살의 기사단에서 이름 높은 여기사였다고는 하지만 지금은 한낱 용병단의 말단일 뿐이다.

상당한 미모를 갖추고 있던 레빗은 살이 상당히 빠져 있었다. 윤기가 있던 머리카락은 푸석푸석했고 피부에는 각질이 생겼다. 입술도 텄는지 한쪽이 조금 부풀어 있다.

예전과 지금을 비교하면 상당히 차이가 났다.

그녀가 그토록 초췌한 것은 고참들이 못살게 들볶아서도, 때려서도 아니었다.

바로 무지막지한 용병들의 훈련 방식 때문이었다. 남자들도 두 손 두 발 모두 들 지경의 엄청난 훈련량과 방식이었다. 용병들은 뭣도 모르고 곤과 씽, 안드리안이 시키니까 훈련을 쫓아가기는 했다.

그들은 이제 습관이 되어서 괜찮았다.

하지만 예전으로 돌아가서 다시 하라면 열이면 열 모두 못할 것이라 손사래를 칠 것이다.

레빗은 그들과는 조금 입장이 달랐다. 그녀는 여기사였고 자부심도 있었다. 물론 용병들에게 무참하게 깨지기는 했지만, 어디 가서 맞고 다닐 수준은 아니었다.

당연히 훈련쯤은 충분히 감당할 수 있을 것이라 여겼다.

그러나 레빗은 첫날,

낙오했다.

새벽에 실시되는 첫 훈련부터.

절치부심. 레빗은 사력을 다해서 훈련에 임했다. 하지만 그날도 낙오였다. 새벽 훈련은 버텼지만, 오전 훈련을 버티지 못한 것이다.

아침에 먹은 것을 모두 토했다.

여자의 입장에서 수많은 남정네들이 보는 앞에서 모든 것을 토해낸다는 것은 참으로 보기가 흉한 모습이었지만, 그런 것을 따로 생각할 겨를이 없었다.

몇몇 용병이 그녀의 등을 두드려 주며 안타깝다는 표정으로 말했다.

"쯧쯧. 꽤 힘들지? 조금 천천히 쫓아와. 이건 페이스 오버야. 오후 훈련은 더 힘들다고."

오후 훈련이 더 힘들어? 그럼 지금까지 한 훈련은 뭔데?

레빗은 기절하고 싶었다.

그럼에도 그녀가 끝까지 용병들과 함께 훈련을 하는 것은 자존심 때문이었다.

비록 여자의 몸이지만 남자에게 지지 않겠다는 독한 자존심.

하지만 그것은 자존심일 뿐이었다. 아직까지도 레빗은 용병들과 함께 끝까지 훈련을 마친 적이 없었다. 탈수로 인하여 기절한 숫자만 수십 번이 넘었다.

스트레스로 인해서 레빗은 입맛을 잃었고, 그렇지 않아도 훈련을 쫓아가지 못하는데 점점 더 말라갔다.

보다 못한 게론과 팀장들이 그런 레빗을 데리고 분위기를 전환시켜 주기 위해 밖으로 나온 것이다.

아쉽게도 그날이 하필 오늘이라는 것.

"어서 오세요."

로즈는 용병들을 보며 반갑게 인사했다. 그녀는 용병들을 자주 본다. 씽이 그들을 종종 이곳에 데리고 오기 때문이다. 하여 그들의 서열 관계도 어떻게 되는지 확실히 알고 있었다.

또한 그녀는 씽을 아주 좋게 보았다. 당연히 씽과 친한 자들에게도 좋은 감정을 가지고 있었다.

"안녕, 로즈."

게론이 로즈에게 싱긋 웃으며 손을 흔들었다.

"네, 게론 씨. 다섯 분이세요?"

"응. 그런데 자리가 없는 것 같네?"

"음, 잠시만요. 찾아볼게요."

로즈가 고개를 쭉 들어서 탁자들을 보았다. 마침 술이 일찍 취한 한 병사들 패거리가 밖으로 나가고 있었다. 한 놈이 문밖까지 나가지 못하고 다른 패거리 뒤통수에 오바이트를 했다.

"이런 씨발새끼가!"

동료들과 술을 마시다 뒤통수에 오물을 뒤집어쓴 사내가 벌떡 일어나 주먹을 날렸다. 다시 한 번 난장판이 벌어졌다.

그들은 밖으로 밀려 나가 싸움을 계속했다.

"다행히도 저기 자리가 났네요."

로즈는 용병들을 향해서 싱그러운 미소를 지었다.

"저기 앉아도 돼?"

"네, 그럼요."

"저 사람들한테 돈 못 받았잖아."

"못 받은 돈은 모두 영주님이 계산해 주기로 했어요. 자작으로 승급하면서 상당한 포상도 주어진다고 하던걸요."

"그래? 금시초문이네."

"저희도 소문으로만 들었어요. 어쨌든 앉으세요. 술 드실거죠?"

"응, 맥주로. 안주는 아무거나."

"네, 그럼 조그만 기다리세요."

팀장들과 레빗이 자리에 앉았다. 곧이어 로즈는 웃음을 잃지 않는 모습으로 맥주와 안주를 가져다주었다.

"맛있게 드세요."

"고마워, 로즈. 언제 오빠랑 데이트 한번 하자고."

페레도가 농을 던졌다.

"씽이 허락해 주면요."

"뭐? 씽 님께서 왜?"

"그냥 그런 게 있어요."

"뭐야, 둘이서 벌써 사귀는 거야?"

"아니요."

"그럼 뭐야?"

"그런 게 있다니까요."

"아니, 그러니까……."

딱.

게론이 페레도의 뒤통수를 시원하게 한 방 날렸다. 뒤통수를 맞은 페레도가 발끈한 얼굴로 게론을 바라봤다.

"형님, 왜 때리슈?"

"얀마, 때릴 만하니까 때린 것 아니야."

"그건 또 무슨 소리슈?"

"요즘 마을의 젊은것들이 뭐라고 하더라? 사귀는 사이는 아니지만 서로 호감이 있어서 감정이 찌르르 통하는 것."

"썸?"

에릭이 끼어들었다.

"아, 맞다. 썸. 하여간 씽 님과 로즈는 그런 단계라고. 언제 사귈지 알 수 없어."

"그래요?"

"척 보면 모르냐. 씽 님과 우리가 같이 술 마시러 왔을 때."

"왔을 때 뭐요?"

"로즈가 씽 님을 바라보는 그윽한 눈빛."

"그랬어요?"

"그랬다, 이 눈치 없는 것아. 이러니 여자 친구가 없지."

"그러는 형님은 눈치가 많아서 마흔이 다 되어가는 나이에 총각이슈?"

"아직 마흔 안 됐다."

"마흔이 다 되어간다고 했수다."

"하아, 됐다. 말을 말자, 말을 마."

게론이 고개를 흔들었다. 그러고 보니 페레도와 말싸움을 해서 이긴 적이 없는 것 같았다.

"풋."

그들의 대화를 듣고 있던 레빗은 저도 모르게 '픽' 하고 웃음을 터뜨렸다. 이들이 그토록 무서운 실력을 자랑하는 자들인가 의심이 들 정도이다.

"엇, 웃었다. 우리 막둥이."

막, 막둥이.

곧바로 레빗은 고운 미간을 좁혔다. 용병 중에 막내가 맞다. 그것은 그녀도 인정했다. 하지만 서열이 막내인 것과 그것을 면전에서 듣는 것은 다른 문제였다.

막말로 그녀보다 나이가 적은 용병도 몇 명이나 있다.

하지만 대다수의 고참들은 그녀를 아직도 '막둥이'로 불렀다.

우리 막둥이,

막둥이 어디 갔어?

막둥아, 우쭈쭈! 다리 안 아파? 등등.

그런 말을 더 이상 들었다가는 고참이고 나발이고 살인을 저지를 것만 같았다. 물론 자신의 실력으로는 아직 멀었다는 것은 알지만.

"그 막둥이라는 말 좀 어떻게 안 되겠습니까?"

레빗이 말했다.

"막둥이가 뭐 어때서? 이상해?"

용병들은 레빗이 뭐가 기분 나쁜지 전혀 모른다는 표정으로 서로를 바라보았다.

"이상하지요."

"우리가 더 이상하다. 막둥이를 막둥이라고 부르지 그럼 뭐라고 불러. 막둥이를 형님으로 부를 수는 없잖아?"

"그러니까, 다 큰 처자한테 막둥이라고 부르는 것이 안 이상합니까?"

"다 큰 처자라도 막둥이가 맞잖아. 막둥이가 싫다면 하나 뿐이야."

"그게 무엇입니까?"

레빗이 물었다.

"막둥이를 졸업하면 되지. 다른 용병들 받아와."

레빗의 귀가 번쩍 틔었다. 그렇다. 그녀보다 약한 용병들을 데리고 오면 더 이상 막둥이란 말을 들을 필요가 없었다.

"그게 됩니까?"

"그거야 모르지."

"그건 또 무슨 소립니까?"

"최소한 단장님이나 부단장님의 허락을 받아야지."

"안드리안 님과 곤 님에게 허락을……."

레빗의 얼굴이 다시 구겨졌다. 사실 안드리안은 같은 여자라서 그런지 조금 통하는 구석이 있었다. 종종 안드리안이 다른 사람들 모르게 챙겨주기도 했다.

그러나 곤은 아니었다.

아직도 그와 있으면 가슴이 답답하고 어려웠다. 말을 꺼내는 것조차 힘들었다. 그런 곤을 설득하는 것은 자신에게 무리일 듯싶었다.

그리고 곤은 함부로 용병들의 숫자를 늘리지 않을 것이다. 그의 성격이라면 분명히.

"지금의 훈련량과 강도 때문에 그러지?"

게론이 직설적으로 물었다.

"후, 네."

레빗은 작게 고개를 끄덕였다. 아마도 그녀의 고민은 용병 전원이 알고 있을 것이다. 연무장에서 몇 번씩이나 눈물을 흘리며 오바이트를 했으니 병사들에게 소문이 났을지도 모르고.

"우리 막둥이는 약하다고 생각하나?"

그놈의 막둥이 소리만 아니었으면 좋겠지만…….

"글쎄요. 예전에는 강하다고 생각했으나 지금은… 자신감이 없습니다."

"고참들의 체력이 너무 세서?"

"그것도 있고요."

얼마 전에 고참 고르돈과 연무를 한 적이 있다. 차돌을 연상시킬 만큼 단단한 근육질의 사내였다. 그가 강하다는 것은 진작 알고 있었다.

문제는 그는 평범한 철검을 들었고, 레빗은 마력을 모두 불어 넣은 오러를 내뿜고 있는 검을 들고 있었다.

두 개의 검이 부딪치면 백이면 백 철검이 부러진다. 그것은 상식이다. 레빗의 상식은 그러했다. 하지만 그녀의 상식은 단숨에 깨지고 말았다.

평범한 철검에 맞아 죽을 뻔했다. 그것도 모자라 레빗의 검이 평범한 철검에 맞아 다섯 동강으로 부러졌다.

그녀는 믿을 수가 없었다.

그 이후로 레빗은 더욱 자신감을 상실했다.

"우리는 이제 겨우 마나를 다루는 요령을 익혔을 뿐이야. 마나의 양은 아마도 너보다 적을걸."

"예? 말도 안 돼요."

"맞다니까. 우리는 이런 개 같은 훈련을 받으면서 자연스럽게 마나를 조절하는 방법을 배웠다고. 왜냐고? 우리가 마나를 익힌 것은 채 1년이 안 돼."

1년이 안 돼?

레빗은 진심으로 놀랐다.

마나를 사용한 지 1년도 안 되면서 기사이던 자신을 그토록 무참하게 무너뜨렸다는 말인가. 있을 수 없는 일이었다.

"아마 우리 막둥이도 천천히 그런 능력을 익히게 될 거야. 장담하지만 막둥이 네가 마나를 효율적으로 다루는 방법을 알게 된다면……."

"된다면요?"

"에이, 말을 해줘도 되나. 자만할 것 같은데."

"아니에요. 자만 안 할게요. 정말로 궁금해서 그래요."

"팀장과 세 명의 괴물을 빼고는 최고로 강해지지 않을까 한다."

"세 명의 괴물이라니요?"

"우리 조원 중에 퍼쉬와 불킨, 체일이라고 있잖아."

"네."

게론이 말한 세 명의 용병은 다른 자들과 조금 분위기가 달랐다. 뭐랄까, 알 수 없는 위화감이 느껴지는 자들이랄까. 무

전사의 자존심 99

척이나 위험한 냄새가 났다. 말을 붙이기가 곤만큼이나 어려운 자들이었다.

"걔들한테는 시비 걸지 마. 진짜로 무서운 고참이니까."

"그래요? 혹시 씽 님이나 곤 님보다 강하나요?"

"에이, 그렇지는 않지. 그런데 다른 의미로 무서워."

"이해가 안 돼요."

"나중에 전투가 벌어지면 알게 될 거야, 그들의 무서움을. 아, 말이 조금 돌아갔네. 어쨌든 지금은 최선을 다해 훈련하라고. 막둥이 네가 얼마나 강한지 알게 될 날이 올 테니까."

그때였다.

주르르륵.

게론의 머리 위로 맥주가 부어졌다. 이마를 타고 맥주가 흘러 탁자 위로 떨어졌다.

"오우, 이 겁쟁이들이 여기에 오순도순 앉아서 무얼 하시나."

로즈의 술집에 레일과 병사들이 술을 마시고 있었던 것이다. 그들이 구석 안쪽에 앉아 있어 게론은 발견하지 못한 듯했다.

게론은 전혀 기분이 나쁘지 않은 표정으로 얼굴에 묻은 맥주를 손바닥으로 닦아냈다.

"그런 날이 의외로 빨리 왔네. 막둥이."

"네?"

레빗은 고개를 갸웃거렸다.

"이 병신들이 뭐라고 지껄이는 거야?"

레일은 들고 있던 나무 맥주잔으로 게론의 머리를 내려치려고 했다.

"혼자서 해치워. 이건 명령이야."

게론의 명령이 떨어졌다.

그가 무슨 의도로 이런 말을 하는지 눈치 빠른 레빗은 대번에 알아차렸다. 그녀는 탁자 위에 있던 맥주잔을 들어 레일에게 집어 던졌다.

빡!

맥주잔은 정확하게 레일의 면상에 꽂혔다. 충격을 받은 그는 얼굴을 부여잡고 뒷걸음질을 쳤다.

"이런 씨발! 저년을……."

레일은 끝까지 말하지 못했다. 어느새 날아든 레빗의 무릎이 그의 면상을 가격한 것이다. 코뼈가 부러진 레일은 뒤로 벌러덩 나자빠졌다.

"우리는 구경만 할 거야. 막둥이, 지면 알아서 해."

레빗의 등 뒤에서 루크의 목소리가 들렸다.

레빗은 작은 두 주먹을 꽉 쥐었다.

"명령대로… 맛을 보여주겠습니다."

*　　　*　　　*

엔트, 그루도, 란드 남작과 헬리온 백작, 헤즐러 자작이 동시에 술집 문을 열었다.

그들이 본 것은 거의 모든 탁자가 부서져 있는 술집의 이질적인 풍경이었다.

"아이고, 이빨이야."

"으윽, 난 코가 부러졌나 봐."

수십 명의 병사들이 나뒹굴고 있다. 놀랍게 그들 전원이 세 남작의 수하들이었다.

그리고 그들 가운데 한 여인이 주먹에서 피를 흘리며 서 있다.

금발은 피에 젖었고 눈빛은 맹수처럼 사나왔다. 마치 야차를 연상시켰다.

그녀는 문을 열고 들어서는 귀족들을 보며 빙그레 미소를 지었다.

"오셨습니까."

레빗이었다.

헬리온 백작의 방.

집사 텐디는 헬리온 백작의 방을 저택에서 가장 넓은 곳으로 마련해 주었다. 헤즐러의 조부인 켈리온 남작이 쓰던 방이다.

사실 저택에 머무는 사람도 없으니 조부의 유품은 그대로 둔 채 청소만 깨끗이 하고 내버려 두고 있었다.

아버지와 조부의 방을 군이 건드릴 필요가 없었다.

하지만 왕국에서 다섯 손가락 안에 드는 실력을 가진 헬리온 백작을 아무렇게나 대접할 수는 없었다.

집사 텐디는 헤즐러에게 양해를 구했고, 소년은 허락했다. 텐디는 몇몇 병사를 동원하여 조부의 가구와 물건들을 다른 작은 방으로 옮겼다. 그리고 헬리온 백작이 사용할 다른 가구들로 채워 넣었다.

단 하루만 머물고 갈 그였지만, 소홀하게 대접할 수는 없었다.

헬리온 백작은 집사 텐디가 마련해 준 홍차를 마시고 있었다. 그가 평소 홍차를 즐겨 마신다는 것을 안 텐디가 일부러 마련해 준 것이다.

비록 비싼 것은 아니지만 영지의 사정을 감안하면 나쁘지 않은 맛이었다.

헬리온 백작 앞에는 엔트, 그루도, 란드 남작이 앉아 있다. 그들은 꽤나 흥분했는지 얼굴이 벌겋게 달아올라 있었다.

"각하, 이게 말이 된다고 생각하십니까? 영지에 온 손님들을 이따위로 대접하다니요."

"그러게 말입니다. 저희만 손님이 아닙니다. 저희가 데리고 온 병사들도 손님입니다. 그런 손님들을 그토록 묵사발을 내다니요. 헤즐러 남작의 눈엔 우리가 아주 같잖게 보이는 것 같습니다."

"자작."

헬리온 백작이 중간에 단어를 정정했다.

"네?"

무슨 말인지 못 알아들은 엔트 남작이 되물었다.

"헤즐러는 이제 남작이 아니라 자작이라고. 자네들보다 윗사람이지."

"아, 네. 헤, 헤즐러 자작이요."

그제야 무슨 말인지 이해한 엔트가 더욱 얼굴이 붉어지며 고개를 끄덕였다.

"그리고 말이야, 말이 나와서 하는 말인데……."

헬리온 백작이 말을 이었다.

"자네들 병사들이 먼저 시비를 걸었다면서."

"그, 그거야 사내들끼리 술을 한잔하면 약간의 다툼도 있을 수도 있고, 뭐, 그렇지 않은가?"

엔트 남작은 그루도와 란드를 보며 구원을 요청했다.

"그럼요. 혈기왕성한 남자들끼리 모이다 보면 약간의 트러블은 발생할 수 있는 것이지요. 충분히 그럴 수 있습니다."

그루도가 곧바로 지원사격에 나섰다.

헬리온 백작은 빙그레 웃었다.

"뭐, 그렇다고 치자고. 혈기왕성한 사내들끼리 술도 마셨으니 약간의 트러블은 생길 수 있지. 그런데 말이야, 스무 명이나 되는 병사들이 단 한 명에게 당했다면서. 그것도 여자에게."

"……"

남작들은 꿀 먹은 벙어리가 되었다. 당시에 본 참혹한 광경이 다시금 떠올랐다.

스무 명이나 되는 건장한 병사들이 아무리 술에 취했다고는 하지만 단 한 명의 용병에게 당한 것은 너무도 창피한 일이었다.

그것도 여자에게.

얼마나 많이 맞았는지 병사들의 얼굴은 알아볼 수 없을 만큼 팅팅 부어 있었다. 뼈가 부러지지 않은 것이 다행이었다.

"만약에 말이야, 쓰러진 자들이 꼬마 영주의 병사들이었다면 어땠을까? 자네들이 그토록 흥분했을까."

"저, 저기, 각하는 누구의 편을 드시는 겁니까. 저희는 각하의 충실한 손발이지 않습니까."

란드 남작이 당황한 듯 말했다.

헬리온 백작은 쓴웃음을 지었다. 욕정과 물욕에만 눈먼 이들이 백작령에 속한 것 자체가 짜증이 나는 그였다.

생각만 해도 화가 밀려오는 스피커트 후작, 그의 후작령에는 트리트 백작, 아르셀 자작, 후토 자작과 같은 이름만 들어도 알 만한 쟁쟁한 무장들이 포함되어 있다.

물론 헬리온 백작도 인프 자작이나 폴리트 자작처럼 유명한 기사와 마법사가 있기는 하지만, 스피커트 후작에 포진되어 기사들과 마법사들의 질적, 양적 수준에는 한참이나 모자랐다.

그가 리치 킹의 던전을 반드시 확보하려는 마음 한구석에는 스피커트 후작을 쓰러뜨리고 싶은 마음도 한몫하고 있었다.

눈앞에서 자신의 병사들이 단 한 명의 용병에게 맞았다면서 종알종알 떠들고 있는 이런 병신들이 아니라.

그러고 보면 헤즐러 자작은 참으로 수하들을 잘 둔 듯하다. 아니, 복이 넝쿨째 굴러들어 왔다는 말이 정확할 것이다.

곤.

그자와 동료들은 하나같이 범상한 자가 없었다. 겉으로는 용병이지만 실력으로 따지면 기사와 견주어도 손색이 없었다.

더군다나 그들은 평범한 기사들과는 다른 장점이 있었다. 용병들이기에 겪을 수 있는 수많은 실전. 그것은 똑같은 실력을 가진 기사와 만난다면 상당한 이점으로 작용할 것이다.

"내가 누구의 편을 들겠는가. 다 같이 내 백작령에 속한 귀족들인데. 서로들 싸우지 말고 잘들 지내보게. 혹시 아는가. 이곳에 금광이라도 있어 발견된다면 자네들도 큰 이득을 볼 것이 아닌가."

"그, 금광이요?"

"사람 일은 앞으로 어떻게 될지 알 수 없다는 말일세."

헬리온 백작이 이렇게까지 말하는데 남작들이 토를 달 수는 없는 노릇이었다. 그들은 멋쩍은 표정으로 헬리온 백작에게 인사를 한 후 밖으로 나왔다.

남작들이 사라지자 헬리온 백작의 방은 무척이나 조용해졌다.

그는 식은 홍차를 마저 마시면서 곤과의 계약 조건을 떠올렸다.

"경쟁이라……. 감히 나와의 경쟁에서 이길 자신이 있다는 말인가."

헬리온 백작은 피식 웃었다.

분명히 말해서 아무리 곤이 강하다고 하더라도 자신과 비교한다면 달빛과 반딧불만큼이나 차이가 났다.

단순히 개인의 무력을 말하는 것이 아니다.

무력이란 모든 힘의 총합을 뜻한다. 영지의 부유함, 영지민의 숫자, 그것을 바탕으로 얼마나 많은 무기를 생산할 수 있는가, 얼마나 오랫동안 전쟁을 수행할 수 있는가, 얼마나 많은 용병을 고용할 수 있는가, 얼마나 능력 있는 기사들을 보유했는가, 수하 귀족들의 능력은 얼마나 뛰어난가 등 종합적인 능력이 모두 포함되어야 하는 것이다.

하여 현재 곤의 능력은 죽었다 깨어나도 헬리온 백작의 발

끝에도 미치지 못한다.

그럼에도 그는 경쟁을 선택했다.

"소수의 인원으로 하는 승부는 자신이 있다는 것이겠지. 그래도 말이야, 곤, 자네는 나를 너무 얕봤어."

헬리온 백작은 피식 웃었다.

하지만 뭘까.

이 찜찜함은.

뭔가 시원하지 않은 느낌이 헬리온 백작의 감정에 찌꺼기처럼 남았다.

*　　　　*　　　　*

용병들이 기거하는 숙소는 저택에서 조금 떨어진 곳에 마련되어 있었다. 2층으로 된 오래된 창고를 사람이 살 수 있게 개조한 것이다.

그곳에서는 한창 술 파티가 벌어지고 있었다. 용병들이 로즈의 가게에서 대량으로 술을 매입한 후 파티를 벌이고 있는 것이다. 다름 아닌 저녁에 있던 일 때문이었다.

곤과 안드리안, 씽, 슈테이와 키스톤, 노기사인 스톤과 에리크도 합석했다. 평상시 술을 즐겨 하지 않는 스톤과 에리크가 파티에 참석한 이유는 통쾌했기 때문이었다.

헬리온 백작의 기사들은 위험해 보이긴 했지만 매너는 깨끗했다.

하지만 다른 귀족들의 수하들이 문제였다. 한마디로 그들은 안하무인. 스톤과 에리크뿐만 아니라 다른 사람들까지 속이 뒤집어졌다.

낮에도 그러한데 술을 마시고 얼마나 행패를 부렸을지 짐작이 갔다.

한데 그런 그들을 시원하게 두드려 주었으니 막힌 속이 뻥 뚫린 것 같았다.

"이야, 너희들이 봤어야 해. 우리 막둥이가 허공에서 휙휙 날아다닐 때마다 그 자식들 한 명씩 나자빠지는데 아주 죽이더라고."

흥이 많은 에리크가 나서서 레빗이 보여준 무용담을 신나게 얘기했다.

용병들은 '오오, 우리 막둥이 최고다!' 하며 연신 감탄사를 내뱉었다.

레빗은 쑥스러워하면서도 '막둥이란 소리 좀 그만하라고, 이 썩을 것들아!' 라고 소리쳤다.

분위기는 무척이나 좋았다. 사기도 높았다.

용병들과 조금 떨어진 탁자에서 술을 마시던 곤이 빙그레 미소를 지었다.

"예전의 그들이라고는 믿기지가 않아."

안드리안이 말했다.

"그러게요."

곤이 고개를 끄덕였다.

용병들이 이토록 빠르게 성장할 것이라고는 누구도 예상하지 못했다.

곤과 안드리안이 그들을 받아들인 이유는 절박함이 보였기 때문이다. 어떤 사람이든 절박하다면 무슨 일이든지 한다. 부모가 자식을 위해 불구덩이라도 뛰어드는 것과 같았다.

그렇다고 하더라도 용병들은 최악의 몸을 가지고 있었다. 반 이상은 나이가 많아 마나를 익힐 수도 없었다. 그런 그들이 믿기지 않는 초인적인 인내력으로 마나도 익히고 진도 익히고 도수도도 익힌 것이다.

물론 씽과 안드리안이 상식을 초월한 훈련을 시키기는 했지만, 어지간한 인내심이 없었다면 절대 도달할 수 없는 레벨이다.

지금은 개개인이 기사를 능가한다.

용병들을 아는 사람들이라면 예전의 그들이 맞는지 볼을 꼬집어 확인해 볼 것이다.

"우리 꼬마 영주도 자작으로 승급이 됐고. 영지도 조금씩 안정이 될 테고, 이젠 어쩔 거야?"

안드리안이 곤을 보며 물었다. 모두가 곤의 계획이 궁금했다. 그의 최종적인 계획이 무엇인지는 몰라도 이후 어떻게 굴러가는지 알고 싶었다.

그래야 손발을 맞출 것이 아닌가.

"우리도 궁금하네. 이제는 어쩔 것인가?"

스톤도 거들었다.

"먼저 싸울 수 있는 병력을 늘려야죠."

"싸울 수 있는 병력? 백 명이나 되잖아."

안드리안은 잘 이해가 되지 않는다는 듯 설명을 요구했다.

"훨씬 더 많은 병력이 필요합니다. 그 이유는 저보다 키스톤에게 듣는 것이 낫겠군요."

곤이 키스톤을 바라봤다.

고개를 끄덕인 키스톤은 헛기침을 몇 번 한 뒤 그동안 자신이 파악한 대륙의 정세를 설명하기 시작했다.

"먼저 제국에 대한 설명을 빼놓을 수가 없겠군요."

"제국? 그쪽은 아직 혼란스럽지 않나?"

안드리안이 물었다.

"아직은 혼란스럽죠. 하지만 빠르게 안정을 되찾고 있습니다. 황제가 등극했기 때문입니다."

"누구?"

모두가 궁금해하는 사항이다. 중앙대륙 최강의 국가는 누가 뭐라고 하더라도 제국이었다. 제국의 황제가 어떤 사람이 되느냐의 따라서 대륙의 판도는 확 바뀔 것이다.

온건적인 자가 황제가 되면 전쟁을 억제할 수 있을 터이고, 급진적인 자가 황제가 되면 문물이 이동이 자유로워 부유한 왕국들이 생겨날 것이다.

그리고 호전적인 자가 황제가 된다면, 그자가 대륙 통일이란 꿈이라도 꾸게 된다면 대륙은 거대한 화마에 휩싸이고 말 것이다.

하여 모든 왕국들은 제국의 황제가 누가 되느냐에 촉각을 곤두세우고 있었다.

"테일즈 백작입니다. 지금은 테일즈 황제군요."

"테일즈 백작?"

"네."

모두가 깜짝 놀랐다. 테일즈 백작의 세력이 강하다고는 하나 황위 서열에서는 한참이나 밀려 있었다. 대략 30위 정도?

누구도 테일즈 백작이 황제가 될 것이라고는 생각하지 못했다.

"도대체 그동안 무슨 일이 있었던 거야?"

"꽤 많은 일이 있었습니다."

황위 계승 서열 1위는 죽은 황제의 사촌인 라이거 공왕이었다. 하지만 그는 아모스 공작에게 살해당했다. 메시나 공작이라는 정적이 사라진 아모스 공작에게 거칠 것은 없었다.

그는 자신보다 황위 서열이 상위에 있는 모든 자를 제거했다. 몇몇 귀족은 그를 찾아와 목숨만은 살려달라고 빌기도 했다.

그럼에도 아모스 공작은 가차 없이 그들을 죽였다. 그들의 시체는 사지가 분열되어 성 곳곳에 걸렸다.

성도 카르텔에 거주하는 모든 사람은 극한의 공포를 겪어야 했다. 단 몇 주 사이에 수천 명이 넘는 사람들이 참수를 당했다.

보수파의 귀족들과 그 식술들이 참수당한 것까지 합하면 그 수는 족히 수만을 넘어갈 것이다.

아모스 공작이 모든 숙청을 끝냈을 때, 더 이상 그에게 감히 반항을 하는 자들이 없을 때 우습게도 그는 암살을 당하고 말았다.

아모스 공작이 가장 믿고 있던 테일즈 백작에게.

테일즈 백작은 성도방위군단을 움직여 단숨에 성도를 장악했다.

그의 장남 텐바와 장녀 샤를론즈, 차남 테미스도 발 빠르게 움직였다.

고위 귀족들이 모조리 참살당한 상태에서 막강한 군사력을 휘두르는 테일즈 백작을 거스를 수 있는 자는 더 이상 존재하지 않았다.

생존한 모든 귀족은 바닥에 바짝 엎드린 채 테일즈 백작의 황제 즉위를 옹호했다.

단 한 명, 테일즈 백작의 황제 즉위를 반발한 자는 아모스 공작의 왼팔이라고 할 수 있는 다니엘 백작이었다. 그는 곧바로 모든 가족을 데리고 어딘가로 망명했다. 아직 그가 어느 국가로 망명했는지는 밝혀지지 않았다.

어쨌든 테일즈 백작은 일사천리로 황제가 되었고, 모든 권력은 그의 손에 집중되었다. 하여 그는 자식들과 함께 빠르게 제국을 안정시키고 있었다.

새로운 왕조의 탄생이었다.

"이제 잘된 일인지 잘못된 일인지 잘 모르겠네."

안드리안은 머리를 긁적거렸다. 그녀가 알기로 아모스 공작보다는 테일즈 백작이 훨씬 좋은 인격자였다. 아모스 공작은 잔혹, 잔인하여 전형적인 폭군이 될 남자였다.

그에 반해 테일즈 백작은 전장에서는 맹장과 덕장 사이에 있었다.

아군들에게는 신뢰를 받고 적에게는 두려움을 주는 장군이었다.

"아주 잘못된 일이죠. 대륙의 불행입니다."

곤이 말했다.

"왜?"

"차라리 폭군이었다면 제국민만 힘들었을 뿐 다른 왕국들은 평온했을 겁니다. 간신들이 득세하고 아첨만이 난무하는 그런 황실이 됐겠죠. 주지육림이 세워졌을 겁니다. 하나 테일즈 백작이 황제가 된 이상……."

"된 이상?"

"정권이 다져지고 내실이 안정되면 제국은 반드시 팽창정책을 펼칠 것입니다."

"테일즈 백작이 그 정도로 야심이 있던 자인가."

"그가 아니죠."

"그럼?"

"그의 자식들. 그들은 욕망으로 가득합니다. 문제는 그런 자들이 능력까지 타의 추종을 불허한다는 것. 그들은 다음 황권을 이어받기 위해서라도 경쟁적으로 전쟁에 뛰어들 겁니다."

곤은 샤를론즈를 떠올렸다.

그녀는 마녀다. 악의로 가득 찬 괴물이라 할 수 있었다. 그녀는 야심도 강했다. 분명 장남인 텐바를 황태자의 자리에서 끌어내리고 자신이 2대 황제가 되려고 할 것이다.

여황제가.

물론 텐바도 만만치 않을 것으로 예상된다. 차남인 테미스도 굉장한 능력을 갖추고 있다고 소문이 나 있었다.

어쨌든 그들이 권력을 잡음과 동시에 대륙의 앞날은 어디로 갈 것인지 한 치 앞도 알 수 없게 되었다.

그러나 이것 하나만은 확실했다.

대륙의 바람은 그다지 좋지 않은 방향으로 흘러갈 거라는 것이다.

"하아, 제국이 또다시 피바람을 몰고 오겠군. 그래서 우리도 미리미리 대비를 해야 한다?"

"그것도 있죠. 키스톤, 계속 설명해 주겠나."

"예, 알겠습니다."

고개를 끄덕인 키스톤이 부가 설명을 이어갔다.

"모든 왕국의 촉각이 제국으로 쏠려 있는 것은 사실이지만 저희는 뒤통수를 조심해야 합니다."

"뒤통수라니?"

이번에는 스톤과 에리크가 고개를 갸웃거렸다.

"라덴 왕국."

라덴 왕국에 대해서 알려진 것은 거의 없었다. 거대한 흘몬 산맥이 왕국을 둘러싸고 있어 다른 국가와의 왕래가 어렵기 때문이다.

또한 산맥이 천연의 요새이기도 하나, 그들의 진출을 가로막는 장애물이기도 했다. 양날의 검인 셈이다.

간혹 그들이 산맥을 넘어 다른 국가들과 물물을 교환하기는 해도 그리 큰 수준의 거래는 아니었다.

하여 라덴 왕국은 수백 년째 전쟁의 포화에 휩싸인 적이 없었다. 대륙의 모든 종족은 라덴이라는 국가가 있었다는 것을 조금씩 잊어갔다.

그것은 아슬란 왕국도 마찬가지였다.

국경의 한쪽에 홀몬 산맥이 있기 때문인지 라덴 왕국은 신경조차 쓰지 않았다.

당연히 라덴이라는 단어는 모두에게 무척이나 생소했다.

"아무도 신경을 쓰지 않을 때, 모두가 그들을 잊어버리고 있을 때, 드디어 그들이 준동하기 시작했습니다."

"전쟁이라도 일으킨다는 소린가?"

"그것은 확실하지 않습니다. 하지만 그들은 지금 포화상태입니다. 나오지 않으면 자멸합니다. 밖으로 나올 수밖에 없는 상태인 거죠. 그들의 목표는 아마도……."

"아슬란 왕국이란 소린가?"

스톤의 얼굴은 이미 심각하게 굳어 있었다.

"확실하지만 않습니다. 하지만 가능성이 있으니 대비를 해야겠죠. 설마는 사람만 잡는 것이 아닙니다. 가족과 국가를 한꺼번에 집어삼키죠."

"그래, 자네 말대로라면 서둘러 준비해야겠지. 그런데 자네는 어찌 라덴 왕국의 일조차 그리 소상하게 알고 있는가?"

궁금증을 참지 못한 에리크가 물었다.

"저희 길드가 속해 있지 않은 곳은 없습니다. 모든 대륙에 퍼져 있죠."

"도대체 자네가 속한 길드는 어딘가?"

"죄송합니다. 이것만은 말씀드릴 수가 없습니다."

키스톤은 고개를 숙여 노기사들에게 사죄했다.

"아닐세. 자네의 정보는 무척이나 유용하네. 그저 궁금했을 뿐이야."

"이해해 주셔서 감사합니다."

"자, 이게 제가 병력을 늘리려는 첫 번째 이유입니다. 그리고 다음 이유는……."

곤은 말을 이어나갔다.

그의 말을 듣는 사람들의 안색이 조금 전보다 더욱 나빠졌다.

"꿀꺽."

그들은 자신도 모르게 마른침을 삼켰다.

*　　　　*　　　　*

계약서에 사인을 하고 난 보름 뒤.

약속한 날짜가 다가왔다.

양 진영에서 투입하기로 한 인원은 모두 서른 명. 각각 합치면 총 60명인 셈이다.

그렇게 많은 숫자도, 적은 숫자도 아니었다. 물론 1차 탐험대의 숫자만 그러하다는 소리다. 던전 발굴이 끝나면 대량의 인원이 투입된다.

리치 킹의 유물은 먼저 획득하는 자가 임자였다. 즉 던전에 가득한 함정을 누가 먼저 해제하느냐가 이번 승부의 관건이었다.

이번 던전 탐험은 무척이나 위험했다. 대륙을 뒤흔들 정도로 강대하던 리치 킹의 유물이다. 쉬울 턱이 없었다. 당연히 최정예 멤버로 구성되어야 했다.

문제는 헤즐러 자작의 영지에는 그만큼 능력 있는 자들이 없다는 것이었다.

트레저 헌터, 일명 보물 사냥꾼. 그들은 헌터들의 조합을 무척이나 중요하게 여겼다.

우선 함정을 탐지할 수 있는 마법사는 필수였다. 전투력을 극대화한 워록과 같은 마법사가 아니라 다양한 방면에서 능력을 보이는 소서리스를 선호했다.

다음으로는 몬스터들과의 전투를 담당할 기사나 무투가로 이들 역시 반드시 파티의 일원에 있어야 했다. 그들은 싸움밖에 모르는 자들이지만, 어쨌든 그들이 다른 파티원을 보호하지 않으면 던전 발굴과 동시에 죽음을 맞이할 테니까.

트랩 헌터도 중요시되었다. 그들은 함정을 잘 놓을 수도, 함정을 잘 파악하기도 한다. 마법사는 마법적인 능력이 있는 트랩을 파악하지만, 트랩 헌터는 물리적인 함정을 상당수 찾아낼 능력이 있었다.

특히 던전 발굴 시에 트랩 헌터는 반드시 필요했다.

그 외에도 환영술사나 다크 메이지와의 조합도 있었다. 환영술사는 적으로부터 아군을 피할 수 있게 해주며, 다크 메이지는 언데드 계열의 몬스터들을 쉽게 상대할 수가 있었다.

그 외에도 던전의 규모에 따라서 셀 수도 없을 만큼의 조합이 존재했다.

문제는 헤즐러 자작의 영지에 그런 자들이 거의 없다는 것이었다.

속속들이 따지고 보면 상황은 더욱 심각했다.

곤과 씽, 안드리안, 서른 명의 용병은 모조리 전투원이다.

이들만 데리고 갔다가는 던전에서 반나절도 버티지 못하고 전멸할 것이다.

물론 곤은 샤먼이기 때문에 어느 정도 용병들을 보호할 수 있다지만 그것도 한계가 있었다.

샤먼이 만능은 아니다. 자연을 받들어 자연의 목소리를 들

을 수는 있지만, 언데드의 왕인 리치 킹의 던전까지 파악을
할 수 있는 것은 아니었다.

하여 곤은 출발하기 전날까지 고민에 휩싸여 있어야 했다.

그때 도움을 준 것이 저택의 메이드인 아리안과 바넬이었다.

아리안은 딸인 올린을, 바넬은 차남인 캄렌을 소개시켜 주
었다.

곤은 둘 모두 본 적이 있었다. 횟수로 치자면 다섯 손가락
안에 들어가는 정도이다. 그들에게 관심이 없기에 이름도 잘
몰랐다.

물론 무자비하고 냉혹한 곤을 가까이서 보는 것이 두려워
올린과 캄렌이 일부러 피한 면도 없지 않았다.

놀랍게도 올린은 마안(魔眼)의 소유자였다. 마안을 가진 자
는 극소수다. 마나와 같이 수련을 쌓아 만들 수 있는 것이 아
니기에 만나기란 더욱 어려웠다.

마안의 능력은 가지각색이었다. 쓸모없이 모든 식물의 뿌
리를 알아맞힐 수 있는 능력부터 높게는 사람의 미래를 예지
할 수 있는 능력을 가진 자도 있었다.

하여 각지의 영주들은 그런 능력을 가진 마안을 찾기에 여
념이 없던 때도 있었다.

문제는 마안을 가진 자의 숫자가 너무 적다는 것. 더욱 문
제는 마안을 가진 자를 찾았다고 하더라도 쓸모없는 능력을

가진 자가 대부분이라는 것.

하여 지금은 마안을 가진 자들을 찾는 영주나 왕은 거의 없었다.

따지고 보면 올린의 능력도 그다지 특별한 것이 아니었다. 하지만 리치 킹의 던전을 발굴하기 위해서는 어떤 면에서 반드시 필요했다.

그녀의 마안은 위험에 대한 감지력이 있었다.

즉 위험에 노출되면 그녀의 몸이 저절로 반응하는 것이다. 마치 탄광의 가스에 카나리아가 우는 것처럼.

캄렌은 놀랍게도 마법사였다. 워낙 존재감이 미미하여 곤조차도 눈치채지 못했다.

하지만 캄렌은 자신이 마법사라는 것을 내세우고 싶어 하지 않았다.

마스터한 서클이 겨우 두 개, 즉 2서클의 마법사란 소리다. 마법사가 귀한 세상이지만, 그 정도의 마법사는 파티에 큰 도움이 되지 않았다. 공격 마법도 약하고 발휘할 수 있는 마법의 종류도 한정되어 있었다.

곤은 캄렌에게 왜 더 이상 마법을 수련하지 않았느냐고 물었다. 그의 대답이 걸작이었다.

"욕심을 내고 싶지 않으니까요. 저는 평범하게 살고 싶습니다."

욕심이 없다.

세상에 욕심 없는 사람이 있을까.

사람은 태어나면서부터 소유욕이 생긴다. 아기도, 소년도, 성인도 그 모두가 욕심이 있다.

"따라와. 네 힘이 필요하다."

"거절하겠습니다. 그냥 조용히 살고 싶습니다."

"조용히 살고 싶으면 이번 일을 끝내야 돼. 너도 소중한 것이 있겠지."

캄렌은 올린을 바라봤다. 올린도 그를 바라봤다. 둘의 눈빛에서 따뜻함이 흘러나온다.

눈치 빠른 곤이 그들의 눈빛을 이해하지 못할 리 없었다.

"지금이야 평온해 보이지만 곧 이 영지는 위험에 처한다. 너희 부모님도, 영지민도, 꼬마 영주도 죽을 수 있다. 하지만 리치 킹의 유물을 얻을 수 있다면 어느 정도 희망은 있다."

캄렘은 고개를 돌려 곤을 바라봤다. 그의 눈빛은 무척이나 따뜻했다. 필시 세상을 바라보는 그의 시선은 눈빛만큼이나 부드러울 것이다.

이런 자는 전장에 맞지 않는다.

그렇지만 어쩔 수 없었다. 이번 일에 올린과 캄렌이 참가하지 않으면 곤란했다.

"이번 한 번만… 같이하겠습니다."

"잘 선택했어. 이번 일이 잘되면 너의 그 소망, 반드시 들어주기로 하지."

"믿겠습니다."

하여 곤과 씽, 올린과 캄렌, 용병들로 구성된 탐험대가 던전 입구에 도착했다.

*   *   *

몬스터를 막기 위해 쌓은 목책에서 안쪽으로 30킬로미터쯤 들어가 위치한 홀몬 산맥의 천연림.

족히 수십 년 이상 사람의 발길이 닿지 않아서인지 특이한 생태계를 이루고 있었다. 나무들끼리 뒤엉켜 둘레만 수백 미터가 넘었다. 높이는 짐작이 가지 않을 정도이다.

온갖 특이한 동물과 식물들이 가득하다. 하지만 아직까지 몬스터는 보이지 않았다. 아마도 상당한 숫자의 사람이 모여 있어 경계하는 듯했다.

물론 수백, 혹은 수천 마리가 넘는 몬스터가 갑자기 나타나지 않는 한 겁을 먹을 인물들도 아니었지만.

곤과 서른 명의 인원이 리치 킹의 던전 근처에 도착하자 헬리온 백작이 그들을 맞아주었다.

"어서 오게."

"오랜만에 뵙습니다, 백작 각하."

곤은 정중히 그에게 예를 표했다. 헬리온 백작은 존경받아 마땅한 강자다. 성품 또한 나쁘지 않았다. 비록 헤즐러 자작의 영지를 탐내기는 했지만, 그것은 본인의 사리사욕보다는 대의를 위해서였다.

곤은 헬리온 백작의 뒤쪽을 슬쩍 보았다. 분명 탐험대는 서른 명으로 한정했는데 헬리온 백작의 등 뒤에서 보이는 인원은 백 명이 넘었다. 그들은 가득 자라난 나무와 풀을 베어내며 야영지를 만들고 있었다.

"아, 저들 말인가? 저들은 던전 탐험대와 무관한 사람이네. 홀몬 산맥은 워낙 험하기로 악명 높지 않은가. 혹시 모를 사태에 대비해 데리고 온 것이네. 물론 저들은 우리 탐험대가 던전에서 나올 때까지 자리를 지키고 있을 걸세."

"그렇군요."

곤은 빙그레 웃었다. 헬리온 백작이 말은 맞을 것이다. 하지만 말을 하지 않은 것이 있다. 저들은 유적에서 나올 유물을 운반할 자들이기도 했다.

당연히 자신이 이길 것이라는 전제가 깔려 있다.

"자, 이리 오게. 선의의 경쟁을 해야 할 처지이니 서로 안면 정도는 익히는 것도 나쁘지 않을 걸세."

"알겠습니다."

헬리온 백작은 이번 탐험대에 속한 서른 명의 모험가를 소개했다.

인프 자작과 폴리트 자작은 헤즐러의 승작식 때 본 적이 있어서 얼굴을 알고 있지만 대부분은 처음 봤다. 엘프와 드워프도 보였다. 그들에게 곤은 흥미로움을 느꼈다.

엘프는 역시 아름다웠다. 뾰족한 귀가 그 신비로움을 더해 주는 듯했다.

드워프는 고집스러워 보였다. 그는 곤을 보고는 고개만 까닥일 뿐 말을 붙이거나 하지는 않았다.

대체로 곤에게 호의적인 분위기였다.

단 세 명만 빼고는.

호리호리한 사내와 그의 호위하듯 서 있는, 신장이 2미터가 넘는 자들이다.

그들의 앞에 선 순간, 곤은 알 수 없는 위화감을 느꼈다. 굳이 얘기하자면 적의라고 해야 할까. 기분이 명확하지 않는 미묘한 느낌이다.

곤은 그들을 만난 적이 없었다. 하나 그들은 곤을 아는 눈치였다.

"이분들이 이번 탐험의 핵심 인물들이오. 갈리, 유로, 샤우라고 하오."

헬리온 백작이 세 사내를 소개했다.

곤은 고개를 끄덕였다. 헬리온 백작은 단순하게 이름만 소개했지만 저들이 어떤 역할을 담당하는지 알아차릴 수 있었다. 아마도 차원 왜곡 마법을 해제하는 방법을 알고 있겠지.

곤도 헬리온 백작에게 자신이 데리고 온 사람들을 소개시켜 주었다.

안드리안과 씽, 용병들은 그럭저럭 넘어갔지만 올린과 캄렌을 보곤 헬리온 백작의 수하들이 실소를 흘렸다. 그들이 봤을 때 올린과 캄렌은 아무것도 없는 무능력자였기 때문이다.

올린과 캄렌은 그런 그들의 시선에 쥐구멍에라도 숨고 싶은 심정이었다.

곤도 그것을 봤지만 아무런 말도 하지 않았다. 어차피 저들이 겪어야 할 몫이었다. 언제까지고 둘만이 아옹다옹 사랑하면서 살 정도로 세상은 너그러운 것이 아니니까.

"자, 그럼 던전을 확인하겠는가?"

"네, 그러도록 하지요."

곤은 고개를 끄덕였다.

헬리온 백작은 곤을 리치 킹의 유적으로 데리고 갔다. 사실 곤은 고대 유물이 잠들어 있다는 던전을 한 번도 본 적이 없었다. 던전 탐험이 처음인 것이다.

하여 어떤 식으로 진행해야 할지 알 수 없었다. 보름간 많은 준비를 했지만 아직도 부족하다고 느꼈다.

"이곳일세."

헬리온 백작이 던전을 가리켰다.

"이, 이게 도대체……."

곤은 벌어진 입을 다물지 못했다. 설마 산속에 이런 형태의 건축물이 있을 줄은 상상도 하지 못했다.

바닥은 끝이 보이지 않을 정도로 깊게 뚫렸고, 바닥 옆으로는 둥글게 계단이 붙어 점점 깊게 들어갔다. 구멍의 넓이는 아무리 작게 잡아도 수백 미터는 되어 보였다.

위이이잉―

구멍 안에서 이상한 소리가 울렸다. 지옥에서 아귀들이 아우성치는 소리같이 들렸다.

"놀랐는가?"

"네, 전혀 예상하지 못한 입구군요."

"그렇지? 나도 처음 던전 입구를 보고 무척이나 놀랐네. 지옥으로 가는 입구인 줄 알았지, 아마."

헬리온 백작은 예전 생각이 나는지 너털웃음을 터뜨렸다.

"만반의 준비를 하지 못하면 살아 나오지 못할 것이야."

"각오하고 있습니다."

"좋아, 그럼 오늘 밤은 여기서 보내고 내일 아침 일찍 출발하도록 하세."

"네, 그렇게 하지요."

곤은 고개를 끄덕였다. 그는 야영지로 돌아오면서 몇 번이
나 리치 킹의 유적을 되새겨 보았다.

아무래도 모든 사람들에게 유적의 입구를 보여줘야 할 듯
했다.

Chapter 5. 던전 탐험대

잠들기 전, 곤은 일행에게 리치 킹의 던전으로 들어가는 입
구를 보여주었다. 입구, 즉 유적의 주변에는 수십 개의 햇불
을 밝혀놓아 어렵지 않게 확인할 수가 있었다.

거대한, 상식적으로 있을 수 없는 거대한 건축물을 본 모두
의 입이 떡 벌어졌다.

안드리안과 씽은 호기심을, 용병들은 놀라움을, 홀과 몇몇
병사는 공포와 두려움을 느꼈다.

특히 세상에 대한 경험이 전무한 병사들은 지하 깊숙하게
뻗어 있는 거대한 유적을 보며 오금이 저려왔다.

"흐읍."

올린은 유적을 본 순간 입을 막고 사색이 되어 뒷걸음질을 쳤다. 눈빛이 파르르 떨리고 동공은 흔들렸다. 홀몬 산맥을 넘었을 때도, 헬리온 백작의 기사들을 봤을 때도 별 반응을 보이지 않던 그녀가 갑자기 온몸을 떠는 것이다.

그녀가 느낀 감정은 두려움이 분명했다.

"무엇이 보이나?"

곤이 물었다.

"거대한 암흑이 눈앞에 도사리고 있어요."

"그것이 무엇인지 알 수 있나?"

"모르겠어요. 하지만 이것 하나는 확실해요."

"그게 무엇이지?"

"이곳은 인간이 발을 디딜 곳이 아니에요. 지금껏 살아오면서 이렇게 거대한 암흑은 본 적이 없어요. 위험해요. 곤, 포기하세요."

올린은 양팔로 몸을 감싸고는 바들바들 떨었다.

그녀의 행동.

심상치가 않았다.

곤은 가만히 누워 부서진 달을 바라보았다. 여느 때와 같이 부서진 달은 금방이라도 지상으로 떨어져 내릴 것처럼 가깝게 보였다.

야영지는 조용했다. 경계를 서는 병사들의 소곤거리는 소리와 벌레가 우는 소리 정도만 들릴 뿐이다. 아주 작게 들리는 그들의 말은 이곳에서 얻는 어마어마한 재물과 아이템이 자신들에게 얼마나 큰 이득이 될까 하는 희망에 찬 내용이었다.

웃기는 소리다.

인류의 문명을 반이나 파괴한 리치 킹의 유적이 그토록 쉽게 세상에 모습을 드러낼 리 없었다.

위험도는 최고 난이도.

마안을 가진 올린이 그토록 두려움에 떠는 이유는 분명 있을 것이다.

탐험대의 머릿수를 맞추기 위해서 실력이 좋은 병사들을 합류시켰지만 아무래도 던전까지 같이 들어가는 것은 아닌 듯싶었다.

홀을 비롯하여 열 명 정도의 병사들은 싹수가 보인다. 기사가 될 수 있는 싹수가. 물론 용병들만큼이나 화끈하게 굴려야겠지만.

곤은 오크들과 용병들을 훈련시키면서 어떻게 하면 효율적으로 능력을 올릴 수 있는지 경험했다. 경험은 무시하지 못한다. 그는 처음 용병들을 훈련시킬 때보다 족히 두 배는 효율적으로 병사들을 강하게 만들 수 있었다.

하여 지금의 병사들을 단 한 명도 잃을 수 없었다.

곤은 새벽에 있을 진영을 생각하며 얕은 잠에 빠졌다.

*　　　*　　　*

어느새 동이 텄다.

일찌감치 일어난 헬리온 백작의 탐험대와 곤의 탐험대가 리치 킹의 유적에 집결했다.

헬리온 백작의 진형은 겉모습부터 화려했다. 그렇다고 던전에 들어갈 준비가 부족하다는 것은 아니다. 식량과 물, 각종 마법 아이템은 공간을 넓혀주는 마법 가방에 넣어뒀을 터이다.

하여 헬리온 백작의 탐험대가 착용한 것은 가벼운 무기뿐이었다. 겉모습으로는 그렇게 보이지만 얼마나 많은 값비싼 마법 아이템을 사방에 착용하고 있을지 모를 일이었다.

반면 곤의 탐험대는 그와 대조적이었다.

그들은 전원이 30킬로그램 이상 되는 군장을 메고 있었다. 물론 극한의 훈련을 빼놓지 않고 해온 그들이기에 30킬로그램의 군장을 멨다고 해서 지치거나 힘들어하지는 않았다.

하지만 헬리온 백작의 탐험대 기사들에게 비웃음을 사기에는 충분했다.

"정말 웃기는군. 저 자식들은 그 흔한 공간 확장 마법 가방도 없나 봐."

"우리한테는 흔하지만 저들한테는 흔한 것이 아닌 거지. 워낙 가난한 영지잖아."

"그런 놈들이 감히 우리와 던전 쟁탈전을 벌인다고? 정말 우습구만."

"All or Nothing인 게지. 어차피 저놈들은 잃을 것이 없으니까."

"설마……. 놈들은 리토스 자작의 영지까지 꿀꺽했잖아. 지금은 비록 가난하더라도 발전할 잠재력이 충분하다고."

"그만."

기사들의 대화를 헬리온 백작이 중지시켰다.

"저들도 귀가 있다. 너희들의 대화를 모두 들을 것이다. 그러니 입조심하도록."

"아, 네, 알겠습니다."

헬리온 백작에게 한소리 들은 기사들은 급히 고개를 숙였다.

헬리온 백작은 곤이 이끄는 탐험대를 힐끗 바라봤다. 방어구는 나름 챙겼지만 그 외의 장비가 문제였다. 일단 탐험의 기간이 얼마나 길어질지 모르는 상황이기에 상당한 물품이 필요했다. 특히 서른 명이나 되는 인원이라면 군장에 들어가는 물건으로는 어림없었다.

열흘 이상 던전 탐험을 하려면 확장 마법이 걸린 가방은 필수 아이템이다. 그것은 상식이다. 그런 것 하나 없이 던전에 들어간다는 것은 던전 안에 갇혀 언데드가 되겠다는 것과 다를 바 없었다.

"얕보는군. 리치 킹, 아니, 마신의 힘을."

헬리온 공작은 더 이상 곤에게서 신경을 끄기로 했다. 곤을 과대평가했다. 나름 최선을 다했겠지만 저래서는 다시 돌아오지 못할 것이다.

"자, 출발한다!"

헬리온 백작의 명령이 떨어졌다.

"출발!"

폴리트 자작이 앞장서서 복창했다. 그가 가장 먼저 리치 킹의 유적에 첫발을 내디뎠다.

끝이 보이지 않는 무저갱 속으로.

밑으로 내려가는 길은 어둡기도 했지만 위험했다. 대리석으로 된 계단이었는데 한쪽 옆면만 벽에 박혀 있기 때문이다. 마치 공중에 둥둥 떠 있는 것 같았다. 제대로 만들어진 계단이 아니었다.

한 발만 삐끗해도 저 깊은 무저갱 속으로 영원히 빠져들 것이다.

서른 명에 달하는 헬리온 백작의 탐험대는 병사들이 지르는 '잘 다녀오십시오'라는 배웅을 받으며 한 발자국씩 지하로 움직였다.

그들이 떠나는 모습을 본 곤은 일행을 돌아보며 말했다.

"우리는 인원을 줄인다."

"뭐? 그게 무슨 말이야? 지금도 인원이 부족한데 여기서 더 줄이다니."

갑작스러운 곤의 말에 안드리안이 물었다.

"이곳은 평범한 던전이 아닙니다. 너무나 위험합니다. 최소한의 인력으로 갑니다."

"네가 그렇게 결정한다면야 뭐. 그렇지만 헬리온 백작에 비해서 불리할 것 아니야?"

"꼭 그렇지만은 않을 겁니다. 저들보다 저희의 기동력이 훨씬 높을 테니까요. 함정에만 빠지지 않는다면 저희에게도 승산이 없지는 않습니다."

곤은 용병들과 병사들에게로 고개를 돌렸다.

"하여."

곤은 그들의 면면을 훑어봤다. 병사들은 대부분이 겁을 먹은 표정이다. 역시 압도적인 공포에 맞서기 위해서는 아직 많이 모자라다. 괜히 머릿수만 채워서 저들의 죽음을 앞당길 필요는 없었다.

반면 용병들은 표정은 호기심으로 가득 차 있었다. 몇몇 용병들의 눈동자에는 '발견한 고대 금화는 다 내 거'라고 빛을 발하고 있었다.

웃기는 놈들.

비록 스무 명밖에 안 되는 용병이지만 제대로 컸다.

"씽과 안드리안을 포함한 호명한 용병들은 앞으로 나와라. 게론, 에릭, 루본스, 사렌, 고르돈, 페레도, 불킨, 퍼쉬, 체일."

"네."

"예."

호명을 받은 용병들이 차례로 앞으로 나섰다. 마법검을 얻은 자들과 세 명의 식신이다. 용병 중에서 가장 강한 무력을 지닌 자들이라고 할 수 있었다.

호명을 받지 못한 용병들은 아쉬운 표정이 역력했다. 특히 막내인 레빗은 크게 낙담하는 표정이었다.

그들의 마음은 알지만 어쩔 수 없었다. 더 이상 용병들의 숫자를 늘리는 것은 희생을 초래할 뿐이었다.

"마지막으로 레빗."

"저, 저요?"

떨군 고개가 금방이라도 땅에 닿을 것만 같던 레빗의 표정이 눈에 띄게 밝아졌다. 그녀는 정말로 자신을 부른 것이 믿기지 않는다는 듯 자신을 손가락으로 가리키며 되물었다.

"그래, 레빗. 각오는 되어 있겠지? 이번 탐험은 보통 던전과는 비교도 안 되게 위험하다."

"그, 그럼요. 목숨을 걸고 따라붙겠습니다."

"좋아."

곤은 고개를 끄덕였다. 레빗이 발탁되자 용병들은 막내만 편애한다면서 투덜거렸다. 하지만 그들은 씽의 날카로운 눈초리를 받고 입을 다물었다.

곤이 레빗을 호명한 이유.

그것은 그녀의 잠재력 때문이었다. 그녀는 칠살의 기사단이라는 울타리 안에서 너무나 오랫동안 안주했다. 그로 인해서 그녀의 실력은 쇠퇴했고 감각은 죽었다.

그녀의 잠재력을 생각하면 너무나 아까웠다. 나이가 있는 만큼 다시 알에서 나오려면 그만한 충격이 필요했다. 그리고 그 충격을 받기에 리치 킹의 유적만큼 좋은 곳이 없었다.

죽으면 아쉽겠지만 그건 어쩔 수 없는 일이었다.

"자, 그럼 나머지 사람들은 이곳에서 대기해라. 엄청난 보물을 가지고 나올 테니까. 그것을 운반할 너희들이 필요하다."

"하하하! 부단장님, 그럼 말씀대로 엄청난 보물들을 꼭 부탁합니다. 어중간한 보물이라면 우리는 무척 슬플 겁니다."

몰칸과 얼리온이 화통하게 웃으며 말했다.

"자, 그럼 뒤를 부탁한다. 가자."

씽이 가장 선두에 서서 지하로 내려갔다. 그는 비록 마법적인 능력은 없지만 초월적인 감각이 그것을 메웠다. 물론 본체로 돌아간다면 인간보다 몇십 배, 혹은 몇백 배의 감각을 유지할 수 있을 테지만 인간 형태의 그로서도 상당한 능력을 발휘할 수 있었다.

씽을 쫓아 한 명씩 어둠 속으로 사라졌다.

용병들은 그들이 모습이 완전히 사라질 때까지 거대한 지하 궁전 위에서 지켜보고 있었다.

*　　　　*　　　　*

햇빛을 언제 봤는지 가물가물하다. 아마도 계단을 내려온 것은 대략 이틀 전쯤으로 기억한다. 완전히 어둠 속에 묻혀 소리도, 빛도, 감각도 차단된 이곳에서 무엇인가를 판단하기란 무척이나 어려웠다.

어둡기에 계단을 헛디뎌 끝없는 무저갱으로 떨어질 수도 있었다.

하여 캄렌은 쉬지 않고 라이트 마법을 시전했다. 라이트 마법은 기본 중의 기본으로 제한 시간은 대략 30분 정도 된다. 하지만 워낙 마나가 적은 캄렌이기에 라이트 마법을 세 번 정도 시전하면 한 시간 정도는 계단에 앉아 쉬어야 했다.

사실 가지고 온 휴대용 횃불을 켜면 반나절 정도는 지속된
다.

그것을 하지 않는 이유는 캄렌의 마나 사용법을 숙련시키
기 위함이었다. 워낙 마법을 사용하지 않아 그는 1서클 라이
트 마법을 사용하는 데만 몇 분을 잡아먹을 정도였다.

다행히도 하루 정도의 시간이 지나자 1서클 마법 정도는
쉽게 사용할 수가 있었다.

"자, 여기서 저녁을 먹고 잠시 눈을 붙인다."

곤은 일행을 쉬게 했다.

무작정 끊임없이 길을 내려가는 것은 쉽지 않은 일이었다.
그것도 똑같은 길, 익숙해지지 않은 어둠, 감각이 단절된 곳
이라 더욱 그러했다. 더군다나 한 발만 삐끗해도 보이지 않는
어둠 속으로 빠진다고 생각하면 긴장감은 배가 되었다.

일행은 자리에 앉았다. 자리에 앉자 계단 사이로 다리가 쑥
빠져 허공에 덜렁덜렁 떴다. 조심하지 않으면 군장도 떨어진
다.

그들은 군장에서 말린 육포를 꺼내 먹고는 물을 마셨다. 인
간이든 동물이든 몬스터든 물을 먹지 않고는 살 수가 없다.
특히 인간은 나흘만 물을 마시지 않으면 죽을 수도 있었다.

당연히 그들이 멘 군장의 반은 물이었다.

"리치 킹의 던전이라는 곳이 지옥으로 가는 입구 같네요. 이

렇게 깊은 지하 계단이 있으리라고는 상상도 하지 못했어요."

레빗이 육포를 우물거리며 말했다. 마침 시간이 다 되어서인지 그들의 머리 위에 떠 있던 라이트가 사라졌다. 어둠 속에서 레빗의 목소리만 메아리치듯이 울렸다.

손만 뻗으면 바로 옆에 있는데도 모습이 보이지 않으니 서늘한 마음이 절로 솟아났다.

이런 곳에 병사들을 데리고 오지 않은 것은 잘한 일이었다. 병사들에게 이런 곳에서 잠을 청하라고 했다면 거의 반쯤 미쳐 버리지 않았을까 싶다.

"얼마나 남았을까요?"

레빗이 물었다.

"세 번 잠을 청했고, 여섯 번 식사를 했고, 스물네 번을 쉬었으니까 아마도 삼 일 정도는 내려온 것 같은데, 이제 곧 도착할 때가 되지 않았을까?"

안드리안이 말했다.

"글쎄요. 올린."

곤이 올린을 불렀다.

"네? 네, 말씀하세요."

올린이 화들짝 놀라며 대답했다. 아무것도 보이지 않는 이곳에서 목소리만 들리는 상황이니 이제껏 나름 평범하게 살아온 올린의 입장에서는 미치고 환장할 노릇이었다. 연인인 캄렌이 없었다면 진작 울음을 터뜨리며 자리에 주저앉았을 것이다.

"여기서는 이상한 느낌이 없나?"

곤은 시간이 날 때마다 올린에게 물었다. 올린은 그럴 때마다 고개를 갸웃거렸다. 능력이 개화되지 못한 상태에서 그녀에게 큰 것을 바랄 수는 없었다.

하지만 그녀는 탄광 속의 카나리아. 그녀가 없다면 탐험대는 한순간에 전멸할 수도 있었다. 아무리 오감이 뛰어난 씽이 있다고 하더라도 마법적인 트랩을 밝혀낼 수는 없는 노릇이니까.

"언제부터인가……."

올린이 입을 열었다.

어둠 속에서 모두가 숨을 죽이며 올린의 말에 귀를 기울였다.

"잘은 모르겠지만… 위화감이 있어요. 아주 약하게, 그리고 넓게."

"위화감이라……."

곤이 짧게 자란 턱수염을 만지작거렸다. 그녀에게서 어떤 위화감인지 알아낼 수는 없었다. 위화감의 정체를 알아내는 것은 본인의 몫이었다.

곰곰이 생각하던 곤은 벽면에 손도끼로 X 표시를 했다.

"뭐해?"

손도끼로 벽을 긁는 소리가 들리자 안드리안이 물었다.

"혹시 몰라서 표시를 하는 겁니다."

"표시?"

"네."

"왜?"

"혹시나 해서. 우리가 어떤 상황인지 알아야 빠져나갈 방도가 있을 테니까요."

"으음. 하긴……."

"자, 그럼 모두 취침."

곤은 눈을 감았다. 모두가 곤의 말에 눈을 감았다. 눈을 감든 뜨든 상관없을 정도로 짙은 어둠 속이다. 상당히 피곤할 터였지만 그들은 쉽사리 잠을 청하지 못했다.

잠에서 깨어나 계단을 내려간 지 8시간 후.

"전원 정지."

곤은 일행을 멈추게 했다. 모두들 무슨 일이냐는 표정으로 곤을 바라봤다.

곤이 바라보는 곳. 놀랍게도 그곳에는 어제 취침 전에 해두었던 X 표시가 남아 있었다. 있을 수도 있어서도 안 되는 일이었다.

"이게 도대체 어찌 된 일입니까?"

이제껏 별다른 두려움을 보이지 않던 용병들의 표정이 처음으로 딱딱하게 굳어졌다.

"미로에 빠졌다."

"미로요? 세상에 이런 미로가 어디 있습니까?"

게론은 이해가 안 된다는 듯이 고개를 갸웃거렸다. 그가 아는 미로는 한번 들어가면 절대로 나올 수 없는 무척이나 복잡한 건축물을 뜻한다.

이처럼 계단만을 빙빙 돌아서 내려오는 미로란 있을 수 없었다.

"나도 모르지. 하지만 미로에 빠진 것은 확실하다."

"그, 그럴 수가……."

용병들은 마른침을 삼켰다.

아무도 자신들이 미로에 빠진 것을 알아차리지 못했다. 그도 그럴 것이, 계단만 좇아 내려가면 되는데 그사이 무슨 미로에 빠진다는 말인가.

"그럼 헬리온 백작의 탐험대는? 그들은 어디로 갔어?"

안드리안이 물었다.

"아마도 미로의 트릭을 알아차렸겠지요."

"도대체 무슨 수로……."

그것은 곤도 모른다. 그는 곰곰이 생각해 보았다. 지금 그들은 나흘이 넘게 미로에서 헤매고 있었다. 표시는 여덟 시간 만에 나타났다.

여덟 시간마다 시간을 계산한다면 미로가 시작되는 지점은 여러 가지로 나눠볼 수 있었다. 8시간, 16시간, 24시간, 36시간.

올린이 위화감을 느낀 시간은 대략 하루가 지났을 때쯤이다. 그렇다는 말은 미로는 하루가 지난 다음부터 발동됐다는 말일까? 그건 확인을 할 수가 없었다.

헬리온 백작이 단숨에 트릭을 간파했다면 적어도 3일은 손해 본 셈이다. 하지만 아무리 그라도 한 번에 트릭을 간파할 수 있었을까? 아무래도 그것은 무리다. 한 번 정도는 똑같은 장소를 맴돌았을 것이다.

그럼 이틀을 손해 본 셈.

"펑펑."

곤이 운디네 펑펑을 불렀다.

"아오, 요즘 뜸해. 나 심심하다고."

펑펑이 기지개를 켜면서 나타났다. 그녀는 모든 상황을 알고 있다는 듯이 주변을 두리번거렸다.

"라이트 마법이 없다면 아무리 시력이 좋아도 볼 수 없을 정도로 깜깜한 어둠이네. 그래서 우리 주인님께서 시키실 일은 뭐야?"

"일단 밑으로 내려가서 확인해 줘. 뭐가 있는지, 길은 있는지. 너라면 할 수 있겠지?"

"뭐, 인간보다 시력은 좋으니까."

펑펑의 가장 큰 장점, 그것은 날 수 있다는 것이다. 이곳에서 떨어져 죽을 걱정은 없다는 것. 그리고 어지간한 마물은 펑펑의 독으로 해치울 수 있었다.

"그럼 갔다 올게."

펑펑은 세 쌍의 날개를 펄럭이며 지하 던전으로 내려갔다.

"모두 펑펑이 올 때까지 휴식을 취한다."

펑펑이 돌아와야만 이곳이 어떤 식으로 이뤄진 미궁인지 확인할 수 있었다.

일행은 어둠 속에서 숨을 죽이며 앉아 있었다. 그동안 캄렌은 떨어진 마나를 보충했다. 처음보다 마나를 능숙하게 사용하긴 하지만, 워낙 단전이 크기가 작아 아직도 네 번 이상은 라이트 마법을 사용할 수 없었다.

얼마나 기다렸을까.

어둠 속에서 시간 감각은 무척이나 느려진다.

"어머나, 주인?"

펑펑의 목소리가 들렸다.

펑펑을 볼 수 없는 올린과 캄렌을 제외하고는 모두가 고개를 돌려 펑펑을 바라봤다. 놀랍게도 펑펑은 밑이 아닌 위에서 내려오고 있었다.

"위에서?"

용병들이 신음을 흘렸다.

만약 자신들이 알 수 없는 미로에 빠졌다면 위로 올라간다고 하더라도 던전 밖으로 나갈 수 없을 것이라 여긴 것이다. 살고 싶으면 던전을 빠져나가는 방법을 알아야 했다.

"도대체 어떻게 된 거지?"

안드리안이 불안한 듯 물었다.

이 어둠 속에서 그들이 할 수 있는 것은 아무것도 없었다. 밑으로 내려가도 끝이 없고, 위로 올라간다고 하더라도 마찬가지일 것이다.

이 미로에 발을 디딘 이상, 다람쥐 쳇바퀴 돌듯이 영원히 같은 자리를 맴돌아야 한다.

그럼 도대체 헬리온 백작 탐험대는 이곳을 어떻게 빠져나갔을까. 그들이 이곳을 빠져나가지 못했다면 어디선가 분명 만났을 텐데 그러지 않는 것으로 보아 그들은 빠져나갔다.

어디로? 무슨 수로?

비밀 문이라도 있을까? 비밀 문을 쉽게 만들었을까?

"캄렌."

"예? 예, 곤."

캄렌은 여전히 자신 없어 보이는 말투로 대답했다. 저것은

선천적으로 연약한 성격 때문이다. 그것 가지고 뭐라고 할 수
는 없었다.

"마법 탐지를 할 수 있나?"

"마법 탐지요?"

"할 수 있다면 마법 탐지를 한번 걸어봐."

"아, 네. 넓게는 못하고, 반경 30미터까지는 가능할 겁니
다."

반경 30미터라면 트랩을 찾아내기가 힘들었다. 최소 100미
터 이상이어야 한다. 마법에 입문하면 기본적으로 배우는 것
은 마법 트랩의 탐지였다.

하지만 겨우 2서클 마법사인 그가 펼칠 수 있는 마법은 그
것이 최대 반경이었다.

"탐지(Detection)."

캄렌이 주문을 걸자 그의 몸에서 옅은 녹색 빛이 사방으로
퍼져 나갔다. 곧 캄렌은 고개를 저었다. 적어도 30미터 반경
으로는 마법 트랩이 없다는 소리였다.

곤은 고개를 끄덕였다. 그것으로 그는 확신을 가졌다. 이
곳에 마법 트랩은 없다.

그리고 곤은 어두운 심연을 향해서 몸을 날렸다.

"어억!"

"뭐, 뭐야? 부단장님!"

"형님!"

씽과 안드리안, 용병들이 놀라서 곤을 불렀다. 하지만 이미 곤은 어둠 속으로 사라져 보이지 않았다. 갑작스러운 상황에 모두가 망연자실한 표정을 지었다.

그렇게 약간의 시간이 지나고,

어둠 속에서 곤의 목소리가 들렸다.

"모두 뛰어내려. 생각보다 높지 않다."

"어라? 곤, 어디 있는 거야?"

안드리안이 어둠 속을 바라보며 소리쳤다.

"미로는 이 어둠. 어둠에 갇혀 환술에 속은 거야. 모두 뛰어내려라."

곤의 말에 씽이 가장 먼저 망설임 없이 뛰어내렸다. 그의 모습이 순식간에 어둠 속으로 사라진다. 너무도 짙은 어둠이기에 조금은 두려운 마음이 남아 있던 용병들이지만, 그들은 곤을 믿고 뛰어내렸다.

아직 주춤거리고 있는 사람은 올린과 캄렌뿐이었다.

레빗이 올린과 캄렌에게 물었다.

"두려워요?"

"네? 그, 그거야 당연하죠. 원치 않게 이런 곳에 끌려왔는데……. 더군다나 미로라니. 살면서 이런 것을 본 적이 없어요."

"그거야 그쪽들 입장에서는 당연하려나? 하지만 말이에요, 세상에는 이해 못 할 일들이 엄청나게 많죠. 그래도 당신들은 가족을 지키기 위해서 이번 탐험에 합류한 거잖아요. 그것에 의의를 두세요."

"그, 그래도……."

올린은 바들바들 떨리는 주먹을 꽉 쥐었다. 그녀의 입장에서는 끝이 보이지 않는 계단을 걷는 것 자체가 엄청난 곤욕이었다.

"자, 둘 모두 손을 잡아요. 용기만 있으면 어떤 것도 두렵지 않을 거예요."

상황 때문일까, 아니면 레빗의 따뜻한 말 때문일까. 지금껏 억지로 동행하던 올린과 캄렌의 마음이 조금은 열렸다. 그들은 손을 내밀어 레빗의 손바닥에 올렸다.

레빗은 그들을 보며 싱긋 웃었다.

"자, 그럼 여행을 떠납니다. 너무 겁먹지 마세요."

레빗은 올린, 캄렌과 함께 어둠 속으로 몸을 던졌다.

레빗과 올린, 캄렌은 눈을 껌뻑거렸다. 뛰어내린 것까지는 좋았는데 곧바로 바닥에 닿았다. 곤의 말대로 높지 않은 정도가 아니라 무척이나 낮았다.

겨우 2미터 정도?

그렇기에 그들은 어리둥절할 수밖에 없었다.

"어이구, 우리 막둥이, 겁 안 먹고 잘 뛰어내렸네."

게론이 레빗의 머리를 헝클어뜨렸다.

"아쒸, 늙다리. 그렇게 부르지 말라니까."

여느 때처럼 레빗이 발끈했다.

"막둥이를 막둥이로 부르지 못하다니. 아, 아버지를 아버지라 부르지 못하는 것과 뭐가 달라."

"이 늙다리야, 완전히 다르거든. 그게 어떻게 같아."

"그거야……."

"자, 조용조용."

안드리안이 그들을 말렸다. 그제야 게론과 레빗이 목소리를 낮췄다.

"캄렌, 마법을……."

"아, 넷."

캄렌이 라이트 마법을 실행시켰다. 그들의 머리 위에 주먹 크기의 밝은 구가 생겨나 주변을 환하게 비췄다.

"으음."

용병들의 입에서 짧은 신음 소리가 흘러나왔다. 주변에는 미라가 가득했다. 수분이 모두 빠져나갔지만, 이들이 느꼈을 공포와 두려움이 표정에 그대로 드러나 있다.

신관, 전사, 기사, 무투가, 약초꾼 등 복장도 가지각색이었다.

이들이 언제 죽었는지는 모르지만 꽤나 오랜 시간이 지났다는 것만은 짐작할 수 있었다. 미라는 단기간에 생겨날 수 있는 존재가 아니기에.

"설마 갑자기 언데드로 변하는 것은 아니겠죠?"

사렌이 불안한 눈빛으로 말했다.

"악담을 해라. 언데드라니. 제발 그런 일은 없게 해달라고 빌어."

에릭이 그런 사렌에게 핀잔을 주었다.

곤은 주변을 돌아봤다.

반경 100미터 안팎의 거대한 지하 광장. 미라가 되어버린 수많은 모험가들.

그리고 황금, 은, 동, 철로 된 네 개의 문.

헬리온 백작은 이 네 개의 문 중 하나를 통과했을 것이다. 어디로 갔는지는 모른다.

"어디로 갈까?"

곤이 올린에게 물었다. 올린은 가만히 서서 네 개의 문을 바라보았다. 네 개의 문, 모두에서 섬뜩한 기운이 흘러나오고 있다.

아무도 느낄 수 없는, 오직 마안을 가진 올린만이 받는 느낌이다.

"모두 위험한 것 같아요."

올린이 식은땀을 흘리며 말했다.

"그중에서?"

"음, 동문 쪽이 조금 나은 것 같기도 하고."

"좋아, 그럼 그리로 가자."

"화, 확실한 것은 아니에요."

"괜찮다. 나도 동문이 그나마 덜 위험하다고 생각했으니까."

욕심이 있는 자라면 대부분이 화려한 황금의 문을 향해서 갈 것이다. 반면 리스크를 최대한 줄이기 위한 모험가는 철의 문을 택할 것이고. 아마도 은의 문이나 동의 문을 선택하는 자들은 그다지 없을 것으로 여겨졌다.

"좋아, 동문으로 가자."

곤을 일행을 데리고 동문으로 향했다. 그들은 조심스럽게 움직였다. 어쩐지 미라들을 건드리면 금방이라도 움직여서 자신들을 습격할 것만 같았다.

끼이익!

씽이 동문을 열었다. 문을 열자 긴 복도가 나왔다. 바닥은 하얀색과 검은색이 번갈이 그려져 있어 눈에 착각을 일으켰다.

그리고 복도의 끝은 어둠 속에 가려져 있었다.

"이곳도 미로?"

안드리안이 곤에게 조심스럽게 물었다.

"그럴 수도, 안 그럴 수도. 일단 가보죠."

곤은 캄렌에게 마법 탐지를 시켜 아무것도 없다는 것을 확인한 후 앞장서서 걸었다. 복도는 수백 미터가 될 만큼 길었지만 다행히도 트랩은 없었다.

복도의 끝에 다다랐다. 복도 끝에는 처음과 똑같이 생긴 동문이 있었다.

곤이 동문에 손을 대고 열려는 순간,

"곤, 자, 잠시만요. 이 앞은 너무나 위험해요. 아주아주 위험한 뭔가가 있어요."

올린이 곤을 멈추게 했다. 올린이 말을 하기 전부터 곤도 눈치채고 있었다.

그것은 죽음의 냄새.

다른 사람들은 모르지만 그것은 곤에게 익숙한 냄새이자 반가운 냄새이기도 했다.

그는 샤먼이다.

죽은 자들의 왕이다.

끼이익!

문을 열었다.

문이 열리자 안개가 스며들 듯이 안쪽으로 밀려왔다. 그리 짙은 안개는 아니었다. 낮게 깔린 엷은 안개. 덕분에 그들은 자신들이 어디에 있는지 한눈에 파악할 수 있었다.

그들이 도착한 곳은 거대한, 넓이를 짐작할 수도 없을 만큼 거대한 무덤이었다.

아무렇게나 불규칙적으로 세워진 비석들이 셀 수 없을 만큼 많았다.

비석 근처에는 오랫동안 손을 타지 않아 잡초가 무성했다.

"무덤?"

안드리안이 작게 속삭였다.

"1차 관문쯤인가 봅니다."

"어디로 가야 하지?"

"우리가 가야 할 곳은 아마도 저곳."

곤은 무덤가 중앙에 높이 서 있는 탑을 가리켰다. 높이만 하더라도 수십 미터. 7층으로 쌓아 올린 석탑이었다.

무덤가에서 다른 곳으로 통할 만한 곳은 그곳뿐이었다.

모두가 무덤가로 한 발을 내디뎠다. 동시에 동문이 끼이익 소리를 내며 닫혔다.

가장 후미에 있던 에릭이 급히 동문을 열었지만 꿈쩍도 하지 않았다.

"부단장님, 아무래도 저희… 갇힌 것 같은데요."

"그래, 전원 전투 준비. 이곳은……."

곤이 주위를 돌아보며 말했다.

"언데드의 서식지다."

말이 떨어지기가 무섭게 비석이 들썩거리며 언데드들이 모습을 드러내기 시작했다.

뼈와 내장이 뒤섞인 언데드들. 하급 언데드인 스켈리톤 따위들이 아니었다.

구울과 가스트가 섞여 있었다. 구울과 가스트의 전투력은 높지 않다. 하지만 그들이 가진 시독은 무척이나 위험했다. 한번 물리면 신관이 없는 이상 3분 안에 좀비로 변하고 만다.

그런 위험한 언데드 수백 마리가 녹색 안광을 흘리며 곤과 용병들을 향해서 천천히 걸음을 옮겨 왔다.

"제기랄."

용병들은 급히 무기를 꺼내 들었다. 전투력이 없는 올린과 캄렌은 가장 후미로 물러났다. 올린은 부들부들 떨며 땅바닥에 주저앉아 신을 찾았다.

Chapter 6. 진뱀파이어

진뱀파이어 카시어스.

대륙에서 거의 볼 수 없는 분홍색 머릿결이 눈에 띄는 여인이다. 신장은 대략 150센티 정도. 대륙 여인들의 평균 신장보다 한참이나 작았다. 피부도 아기처럼 뽀얗고 얇아 언뜻 보면 열 살 전후의 소녀처럼도 보였다.

하지만 그녀는 800년을 살아온, 뱀파이어 중에서도 최고위 귀족이라 할 수 있는 진뱀파이어였다.

그녀는 800년 전, 리치 킹 타노로스에게 충성을 맹세했고, 그가 다시 부활할 때까지 대유적 분묘를 지키고 있는 중이다.

그녀가 맡은 임무는 유적에 침입한 모든 생명체의 말살.

지금껏 상당수의 인간들이 유적을 침입했지만, 살아 나간 사람은 단 한 명도 없었다. 그리고 미래에도 살아 나갈 수 있는 사람은 없을 것이다.

그렇게 믿었는데…….

"뭐지, 저건?"

카시어스는 고운 얼굴에 주름이 가도록 눈살을 찌푸렸다. 15년 만에 찾아온 침입자. 대무덤가에서 딱히 할 일이 없는 카시어스였기에 간만에 찾아온 침입자가 반갑기까지 했다.

이번에 침입자를 격퇴하면 언제 또 모험가들이 나타날지 몰랐다.

최대한 살려서 천천히 가지고 놀 생각이다. 아마도 다른 세 개의 문을 지키는 그 자식들도 같은 생각일 것이다.

하여 그녀는 가장 약한 언데드들을 먼저 내보냈다. 구울과 가스트. 그것이 1차 관문. 이곳에 올 모험가라면 구울과 가스트의 관문을 어렵지 않게 돌파할 것이라 여겼다.

물론 한두 명 정도는 죽겠지만. 재밌는 것은 구울에게 당한 저들의 동료 역시 언데드가 된다는 것이다. 과연 언데드가 되어버린 동료들을 저들이 벨 수 있을까?

확률은 반반이다. 누군가 옆에 있다면 내기를 걸고 싶을 정도이다.

이제껏 봐온 모험가들은 언데드가 된 동료들을 차마 베지 못한 자들이 꽤 있었다.

또는 동료들을 베고는 절규하다 자살하는 자들도 있었다. 재미없게 자살이라니.

끝까지 버텨야 모험가들을 데리고 노는 재미가 있는데.

그런데 지금은 생각도 못한, 전혀 다른 방식으로 일이 진행되고 있었다.

구울과 가스트들이 모험자를 공격하지 않고 우두커니 멈춰 선 것이다.

"공격하라고, 이 멍청이들아!"

카시어스는 다시 공격 명령을 내렸다. 그는 화가 치밀어 올랐다. 아무래도 모험가 중에서 수준 높은 다크 메이지가 있는 듯했다. 다크 메이지라면 가까이 있는 하급 언데드들을 충분히 조종할 수 있었다.

"뭐, 더 재밌게 됐네. 그럼 다크 메이지라고 하더라도 이놈들을 지배할 수는 없겠지. 듀라한."

카시어스는 다음 언데드들을 소환했다.

족히 오십 마리 이상의 듀라한이 무덤을 뚫고 모습을 드러냈다. 생김새는 각각 다르지만 똑같은 행동을 하고 있는 것이 있었다. 모두 옆구리에 자신의 머리를 들고 있고 다른 손으로는 거대한 플랑베르주를 들고 있었다.

언데드 중에서도 강력한 전투력을 발휘하는 듀라한. 마법 내성과 오거와 같은 힘을 동시에 가지고 있기 때문에 평급 기사 세 명이 모이지 않으면 듀라한을 처리할 수 없었다.

그런 듀라한이 자그마치 오십 마리.

일개 기사단과도 맞먹는 전력이다.

당연히 스무 명도 안 되는 모험가들의 전력으로는 막을 수 없었다.

듀라한이 모험가들을 향해서 거침없이 다가왔다. 모험가들은 긴장하는 기색이 역력했다.

곧 모험가들이 제발 살려달라면서 절규하겠지. 카시어스는 인간들의 그런 모습을 보고 싶었다.

그런데 그런 듀라한이 갑자기 걸음을 멈추었다. 인간들을 공격하기도 전에 갑자기 스위치가 꺼진 것처럼 꿈쩍도 하지 않았다.

"도대체 무슨 일이 벌어지는 거야!"

대무덤 석탑 최상층에서 상황을 지켜보던 카시어스는 버럭 소리를 지르고 말았다. 그녀가 있는 곳에서는 저들이 무슨 수를 썼는지 알 수가 없었다.

아무리 다크 메이지가 저들 중에 섞여 있다고 하더라도 한두 마리면 모를까, 오십 마리나 되는 듀라한을 모두 지배할 수는 없었다.

카시어스는 그렇게 생각했다.

"아무래도 내가 가봐야 할 것 같군."

그녀의 눈빛이 진홍빛으로 빛났다. 슬쩍 입꼬리를 올리자 날카로운 송곳니가 드러났다.

카시어스는 지금의 상황이 못 견디게 즐거웠다. 항상 똑같은 풍경, 항상 똑같은 말과 일, 항상 똑같은 생각. 그러던 와중에 그녀의 상식과는 다른 일이 벌어진 것이다.

그녀는 곧바로 석탑에서 뛰어내려 모험가들이 있는 방향으로 몸을 날렸다.

*　　　*　　　*

곤은 한 장의 부적을 사용했다. 다른 사람들이 탐험에 대해서 준비할 때, 그는 그 일을 안드리안에게 일임하고 부적 만드는 일에 몰두했다.

부적은 약간의 마나만 사용하면 곧바로 시전할 수 있었다. 또한 상급 술법을 사용하기 위해서는 여러 가지 제한이 걸려 있지만 부적은 그렇지 않았다.

물론 부적을 만드는 것이 쉬운 일은 아니었다. 상급 술법이 적힌 부적을 만들려면 최소한 보름 이상이 걸리기도 했다.

곤은 헤즐러의 저택에 머무는 동안 꾸준히 부적을 만들어왔다.

그리고 그동안 모은 모든 부적을 이번 탐험에서 사용할 생각이다.

먼저 그가 첫 번째로 사용한 부적은 재앙술 4식 '불경한 자들과의 접촉'이었다. 그것은 중급 이하의 언데드가 곤에게 살의를 가졌을 때 사용하는 술법이다. 술법의 효과는 언데드를 불러낸 시전자에게 그 살의를 되돌리는 것이다.

즉 제한 시간 동안 언데드가 곤에게 친밀감을 느끼거나 소환자라고 착각하게 만드는 것이다.

하여 구울과 가스트, 듀라한에게 잠시나마 곤의 지배력이 닿게 되었다. 절대로 그들이 곤과 용병들을 덮치는 일은 없을 것이다.

곤은 적의 우두머리가 나타나길 기다렸다. 지금 상황이 어떻게 돌아가는지 궁금한 적의 우두머리는 반드시 나타날 것이라 곤은 생각했다.

"와, 저건 뭐야?"

안드리안이 탄성을 내뱉었다. 감탄이 아닌 경악에 가까운 탄성. 곤과 함께 많은 시간을 함께하며 그녀는 상당한 발전을 거뒀다. 삼안을 개안하지 않고서도 그 정도의 실력을 갖추게 된 것은 그녀에게 큰 재산이 될 것이다.

당연히 상대를 보는 것만으로도 그 실력을 알 수 있는 실력이 되었다.

지금 그들을 향해서 달려오는 아주 작고 귀여운 소녀. 비록 소녀의 모습을 하고 있지만 어마어마한 살기를 내뿜고 있다.

피부가 저릿저릿하며 등골이 오싹할 정도로.

"언데드."

곤이 짧게 말했다.

"저 소녀가 언데드라고? 전혀 그렇게 보이지 않는데. 어둠의 귀족이라도 되나?"

"유적의 규모로 보아 그럴 가능성도 충분하죠. 살기는 충만한데, 그럼 얼마나 잘 싸우는지 보도록 하죠."

곤은 일행을 향해 싱긋 미소를 지어 보였다. 이곳은 리치킹의 던전. 말하자면 적지에 들어온 셈이다. 그런데도 곤은 크게 동요하거나 당황하는 모습을 보이지 않았다.

오히려 즐거워하는 듯한 느낌이다.

안드리안은 피식 웃고 말았다.

만약 곤이 아니라면, 다른 모험가들이 이곳에 있었더라면 저 수많은 언데드를 보고 기겁했을 것이다. 아니면 이곳에서 탈출하기 위해 무기도 버리고 뒤도 돌아보지 않고 뛰쳐나갔을지도.

곤이 함께 있기 때문에,

곤이 함께하기 때문에 그들은 여유를 유지할 수 있었다.

"자, 어둠의 귀족이여, 수하들에게 공격을 받으면 어떤 느낌일까."

곤의 명령과 함께 용병들의 근처에서 우두커니 서 있던 수많은 언데드들이 몸을 돌려 카시어스를 공격하기 시작했다.

자신을 향해 공격하는 언데드들을 보며 카시어스는 기가 차서 입을 열지 못했다. 백번 양보를 한다고 하더라도 수백 마리가 넘는 언데드가 일시에 자신을 공격할 수 있으리라고는 상상도 하지 못했다.

"이런 버러지 같은 것들이. 다크 라이징!"

카시어스는 분노했다. 그녀의 손에서 번개 속성의 마법이 전방을 향해 거미줄처럼 퍼져 나갔다. 동시에 가깝게 접근한 구울과 가스트들이 전기에 맞아 폭죽처럼 터져 나갔다.

문제는 듀라한이다.

듀라한은 마법에 내한 내성이 강했다. 하여 오십 마리나 되는 대규모의 듀라한은 그녀로서도 상대하기가 벅찼다.

카시어스는 어금니를 꽉 깨물었다. 그녀가 수백 년 동안 아무것도 없는 이곳에서 한 일은 언데드의 개조였다. 언데드를 개조시켜 조금 더 상급 언데드로 만드는 것이 그녀의 유일한 낙이었다.

그녀가 소환한 듀라한은 그녀가 애써 만든, 업그레이드시킨 언데드 중의 하나였다. 보통의 듀라한보다 족히 두 배는 강하다. 일부러 마법에 대한 내성도 높였다. 그런 듀라한이 주인인 자신을 몰라보고 덤벼드니 화가 머리끝까지 치솟았다.

"빌어먹을 것들! 다시 만들려면 얼마나 오랜 시간이 걸리는 줄 알아! 소환! 다크 나이트(Dark knight)!"

카시어스의 주변으로 공간이 찢어지며 검은 장갑이 불쑥 튀어나왔다. 찢어진 공간에서 가공할 기운이 뻗어 나왔다. 공간을 뚫고 나온 것은 거구의 기사였다.

칠흑처럼 어두운 갑옷으로 전신을 감싸고 있는 기사. 거대한 대검을 한 손에 들고 다른 손에는 자신의 키만큼이나 거대한 방패를 들었다.

그레이트 헬름을 깊게 눌러써 얼굴은 보이지 않았다. 하지만 뿜어대는 안광만으로도 그들이 얼마나 강력한 존재인지 알 수가 있었다.

언데드 최상위의 전투력을 가진 몬스터. 죽기 전의 실력을 그대로 갖추고 있으며, 방어력은 두 배 이상 상승한다. 또한 여느 언데드가 그렇듯이 불사에 가까운 생명을 가지고 있다.

그게 다가 아니었다.

다크 나이트가 가장 무서운 점은 그의 검에 당한 자들 역시 언데드로 변한다는 것이다. 만약 신관이 없는, 마법사가 없는 영지에 다크 나이트가 나타난다면 그 마을이 언데드의 서식지가 되는 것은 시간문제였다.

재수가 없다면 그 일대는 초토화되고 만다.

단 한 기로도 왕국을 위태롭게 만들 수 있는 괴물이 바로 다크 나이트였다.

그런 존재가 두 기나 모습을 드러냈다. 다크 나이트는 곧장 전장으로 뛰어들어 듀라한을 차례로 박살 냈다. 아무리 마법 내성과 완력이 강한 듀라한이라고 하더라도 다크 나이트에게는 상대가 되지 않았다.

애초에 듀라한의 공격력으로는 다크 나이트의 갑옷을 뚫을 수가 없었다.

"우와, 언데드끼리의 전투를 보다니 내 살다 살다 이런 광경은 처음이네."

안드리안이 팔짱을 낀 채 다크 나이트와 언데드들과의 전투를 보며 말했다. 말은 그렇게 하지만 다크 나이트의 전투력은 보통 강한 것이 아니었다. 그녀는 모든 언데드가 쓰러졌을 때, 자신이 어떻게 대처해야 하는지 머릿속으로 계산하고 있었다.

다크 나이트는 식신과 자신, 씽을 제외하고는 다른 용병들이 섣불리 나설 수가 없을 듯했다.

말은 편안하게 하려고 하지만 등골은 오싹할 정도로 긴장하고 있었다. 그만큼 다크 나이트는 강했다.

용병들도 마찬가지였다.

곤이 구울과 가스트, 듀라한을 지배하지 않았다면 어떻게 일이 돌아가고 있을지 상상도 하기 싫었다. 구울과 가스트, 듀라한을 어찌어찌 해치웠다고 하더라도 다크 나이트만큼은 이길 자신이 없었다.

어느새 언데드끼리의 전투는 막을 내렸다.

결과는 압도적인 다크 나이트의 승리. 다크 나이트 주변으로는 잘게 썰린 듀라한과 구울, 가스트들의 사체가 가득했다.

"아, 짜증 난다. 아까운 내 장난감들."

다크 나이트 사이로 카시어스가 나오며 분홍색 머리카락을 쥐어뜯었다. 그녀는 곤과 용병들을 가리키며 성질을 부렸다.

"다 너희 때문이야! 너희들을… 그래, 듀라한으로 만들어 줄 거야!"

조금은 치기 어린 어린애와 같은 말투다.

하지만 그녀의 눈빛을 보자면 그렇지가 않았다. 키는 작지만 가슴이 커서 금방이라도 얇은 상의를 뚫고 밖으로 튀어나올 듯했다.

약간의 백치미가 흐르는 말투, 큰 가슴, 색욕이 번들거리는 눈빛에 보통의 사내라면 금방 그녀에게 홀려 혼이라도 팔고 말 것이다.

"너는 누구지?"

곤이 낮은 목소리로 물었다.

"나?"

카시어스가 자신을 가리키며 되물었다.

순간,

곤을 본 그녀는 뭔가에 놀란 듯 흠칫거렸다. 그러고는 다시 한 번 곤을 자세히 보았다.

"아, 놀라라. 그분하고 너무 닮았네. 이 짜가 놈!"

"뭔 소린지 모르겠군. 내가 묻는 말에나 대답하지 그래."

"흥, 감히 인간 따위가 내 이름을 들으려고용? 좋아, 얘기해 주지. 나는 어둠의 최상의 귀족 진뱀파이어 카시어스야. 놀랐지?"

"카시어스?"

안드리안은 고개를 갸웃거렸다. 용병들도 마찬가지였다. 그들은 카시어스란 이름을 들어본 적이 없었다.

물론 현자나 신관이 그녀의 이름을 들었다면 기절초풍했을지도 모를 일이다. 리치 킹이 전 대륙을 휩쓸 당시 그녀의 이름을 들었다면 울던 아기도 울음을 뚝 그쳤을 것이다.

하지만 이미 800년이나 지난 일이다. 신관이나 현자가 아니면 그녀의 이름을 기억하기란 쉽지가 않았다.

"뭐야, 그 표정들은? 설마 나를 몰라?"

"모르겠는데? 너희는 알아?"

어깨를 으쓱거린 안드리안이 용병들을 돌아보며 물었다.

"아니요. 처음 듣는 이름입니다."

용병들은 고개를 저었다.

카시어스의 얼굴이 붉게 물들었다. 워낙 피부가 깨끗하다 못해 창백해서인지 홍조로 귀까지 빨개졌다.

"나를 몰라? 베르샤 왕국이 자랑하는 천연의 요새 킹스 월을 무너뜨린 나를?"

용병들은 고개를 저었다. 베르샤 왕국이란 자체를 기억하지 못한다.

"콘돌이 평원에서 영웅의 기사단을 무너뜨린 일은?"

용병들은 고개를 저었다. 솔직히 말하면 눈앞의 색기가 뚝뚝 떨어지는 꼬마가 허풍쟁이라고 느껴질 정도이다.

"용투신과의 전설적인 전투는?"

자신의 입으로 전설적인 전투라니. 용병들은 다시 고개를 저었다.

"이 쓰레기 같은 놈들! 감히 내 업적을 하나도 몰라봐? 너희들은 살아 있을 가치가 없는 놈들이다! 듀라한도 필요 없다! 너희들은 그저 살아 있는 박제가 될 것이다! 저 인간들의 팔과 다리를 찢어서 나에게 데려와라! 목숨만 붙어 있으면 된다!"

카시어스는 광분해서 외쳤다. 그녀의 명령에 따라 두 마리의 다크 나이트가 음산한 눈빛을 빛내며 곤과 용병들에게 접근했다.

곤은 양팔을 앞으로 뻗었다. 그의 양팔에서 문신이 살아 있는 것처럼 꿈틀거렸다.

"부탁합니다, 사부님들."

곤의 말과 함께 양팔의 문신이 앞으로 튀어나가더니 이내 건장한 오크의 모습으로 변했다. 한 명은 170센티 정도가 되는 여성체, 다른 한 명은 190센티가량 되는 건장한 체구의 남성체였다.

그들은 젊을 적 최강의 샤먼으로 세상에 군림하던 말린과 크레타스의 육체였다.

말린과 크레타스는 제자인 곤에게 모든 것을 남김없이 주고 떠났다. 그것이 설사 자신들의 육체라고 하더라도.

그들의 육체는 수많은 세월 동안 담금질이 되어 만독불침, 금강불괴, 완전 마법 내성의 완전무결한 병기가 되었다.

현재 곤이 사용할 수 있는 최강의 병기 중 하나라고 봐도 무방했다.

말린과 크레타스는 양팔을 벌리고 퉁퉁 튀어서 다크 나이트에게 다가갔다. 엄청난 도약력이다. 가볍게 뛰는 것처럼 보이지만 자그마치 5미터 이상씩 한 번에 움직였다.

다크 나이트들과의 거리가 순식간에 좁혀졌다. 다크 나이트는 말린과 크레타스를 향해 사기가 풀풀 풍기는 대검을 휘둘렀다.

까강!

놀랍게도 다크 나이트들의 대검은 말린과 크레타스의 육신을 자르지 못했다. 뚫지도 못했을 뿐만 아니라 조금의 상처도 입히지 못했다.

놀란 것은 다크 나이트들도 마찬가지였다. 무의식적으로 한 걸음 뒤로 물러났다. 그들은 더욱 강력한 사기를 대검에 주입하고는 말린과 크레타스를 내려쳤다.

말린과 크레타스는 자신들의 방어력을 믿는지 꼼짝도 하지 않았다.

까강!

이번에는 대검이 반으로 부러졌다.

언데드 최상급의 전투력을 지닌 다크 나이트. 단 한 마리만으로도 영지 하나쯤은 쑥대밭으로 만들 수 있는 괴물 중의 괴물이다.

그런 괴물의 공격을 말린과 크레타스는 충격 하나 받지 않고 받아낸 것이다.

"마, 말도 안 돼!"

놀란 것은 카시어스 역시 마찬가지였다.

말린의 두 손이 다크 나이트의 안면을 잡아서 우그러뜨렸다. 그레이트 헬름과 함께 다크 나이트의 안면이 종잇장처럼 구겨졌다.

말린이 양손에 힘을 주자 다크 나이트의 머리가 수박이 터지듯이 퍽 소리를 내며 부서졌다.

"이건 거짓말이야! 다크 나이트의 갑옷을 맨손으로 부순다고? 있을 수 없는 일이라고!"

카시어스는 비명에 가까운 고함을 질렀다.

꽈지지직! 꽈지직!

비참할 정도로 망가지는 다크 나이트의 갑주. 말린은 오직 근력으로 다크 나이트의 갑주를 모조리 뜯어냈다. 그러고는 미라가 되어 있는 과거의 기사를 발로 밟아서 터뜨렸다. 압도적인 갑옷의 방어력을 잃어버린 다크 나이트는 먼지처럼 부서져서 사라졌다.

크레타스에게 당한 다크 나이트는 더욱 비참한 꼴을 당했다.

그녀의 손은 담금질이 잘된 명검과도 같았다. 그녀의 손이 한 번씩 오갈 때마다 다크 나이트의 팔과 다리가 잘게 잘려나갔다.

비록 비명을 지르지 못하는 다크 나이트지만, 안광의 빛이 급격하게 줄어드는 것으로 보아 얼마나 당황하고 있는지 알 수 있었다.

잘리고 또 잘리고.

나중에는 그레이트 헬름이 네 조각 나고 말았다. 육체를 서른 조각 이상으로 잘린 다크 나이트는 본체가 먼지처럼 사라지고 말았다.

"이건 있을 수 없는 일이야. 다크 나이트가 이렇게 허무하게……."

카시어스는 뒷걸음질을 쳤다. 그녀의 흑마법은 이미 경지에 올랐다. 하지만 그녀는 선천적으로 육체가 약했다. 진뱀파이어가 되어 마법의 극의를 봤지만, 육체의 한계는 넘을 수 없었다.

특히 고위급 마법을 쓰기 위해서는 반드시 제한 시간이 필요한데, 상대는 그 제한 시간을 기다려 주지 않았다. 하여 만들어낸 것이 바로 다크 나이트였다.

다크 나이트 한 기면 일개 기사단도 막아낼 수가 있었다. 당연히 카시어스는 다크 나이트를 굳게 신뢰했다.

이토록 허무하게 깨질 것이라고는 단 한 번도 생각해 본 적이 없었다.

"죽어! 이 괴물들아! 다크 포이즌! 다크 스트라이커! 다크 파이어 월!"

하나같이 강력한 마법이었다.

"아직 멀었다! 저주의 숨결! 지옥의 이빨! 다크 슈팅!"

카시어스는 연속으로 고위급 마법들을 쏟아냈다.

강대한 마법이 한꺼번에 쏟아지자 곤과 용병들은 급히 뒤로 물러났다. 특히 다크 포이즌은 곤과 펑펑, 식신들을 제외하고는 견디지 못할 만큼 강력했다. 펑펑이 곧바로 해독 주술을 걸지 않았다면 용병들은 독에 중독되어 쓰러지고 말았을 것이다.

퍼퍼퍼펑!

말린과 크레타스가 있는 무덤가는 카시어스의 공격 마법으로 인해서 완전히 초토화가 되었다.

그녀의 흑마법은 인간들이 쓰는 마법과는 차원이 다른 파괴력을 지니고 있었다. 특히 부정의 기운을 옵션으로 가지고 있어 보통의 마법보다 이 할 정도는 충격을 더 먹일 수가 있었다.

하지만 그토록 수많은 고위 마법을 쏟아부었음에도 말린과 크레타스는 건재했다.

7서클 이하의 마법에는 완전 내성을 가지고 있는 강시들.

그들을 쓰러뜨리기 위해서는 검과 도가 아닌 메이스와 같은 타격 무기가 필요했다. 다이아몬드와 같은 경도를 지니고 있는 강시들의 육체는 타격 무기로만 대미지를 줄 수가 있었다.

하지만 지금 카시어스가 가진 전력으로는 말린과 크레타스를 처리할 수가 없었다. 처음부터 상대의 전력을 알지 못한 데서 온 패착이었다.

말린과 크레타스가 카시어스에게 다가왔다.

"젠장, 이런 짓을 하기는 쪽팔린데."

그녀는 진뱀파이어. 어둠의 귀족 중에서도 최고위층이다.

그런 그녀가 소수의 적을 앞에 두고 꽁무니를 빼기란 쉽지 않았다.

"재미는 있었지만 일단 내 목숨이 붙어 있어야 다음 재미도 보지. 일단 물러서야겠군. 나머지는 꼴 보기 싫은 그놈들에게 맡겨야지. 아쉽네."

카시어스가 마력을 집중하자 그녀의 등에서 거대한 박쥐 날개가 뻗어 나왔다. 그녀의 아름다운 모습과는 대조적으로 무척이나 사악한 기운이 깃든 날개였다.

"지금은 일단 물러난다. 조금 이따 보자고, 모험가 여러분. See you again."

카시어스는 곤과 용병들에게 윙크를 하고는 날개를 펼쳐 하늘로 올라갔다.

그 순간이었다.

그녀는 더 이상 날아오르지 못했다. 허공에서 보이지 않는 뭔가가 그녀를 붙잡았기 때문이다.

"이, 이게 뭐야?"

카시어스는 당황하며 날개를 계속해서 펄럭거렸다. 역시나 꼼짝도 할 수가 없었다.

그런 카시어스를 보며 곤은 빙그레 미소를 지었다. 어느새 그의 손에서 부적 한 장이 불타고 있었다.

"재앙술 4식, 부정의 속박. 어떤 언데드도 이 주술 앞에서는 도망치지 못해. 길면 영원히, 짧아도 5초 이상은 움직이지 못하지. 같은 언데드의 속성을 가진 자라면 더더욱.”

“이런 젠장! 도대체 넌 뭐야!”

카시어스는 곤이 흑마법사라고 확신했다. 그렇다고 하더라도 리치 킹과 함께 대륙을 휩쓸던 자신이 이토록 쉽게 사로잡힐 것이라고는 전혀 예상하지 못했다.

허공에서 파닥거리는 카시어스를 말린과 크레타스가 잡아서 곤 앞으로 데리고 왔다. 그녀는 강제로 바닥에 앉혀졌다.

이미 반쯤은 포기했는지 그녀는 팔짱을 끼고서 입을 삐죽거렸다. 언데드의 서식지가 아닌 평범한 곳에서 만났다면 그 모습이 무척이나 귀여웠을지도 모르겠다.

명령을 모두 완수한 말린과 크레타스가 다시금 곤의 양팔로 돌아갔다. 사라졌던 문신이 본래의 모습으로 돌아왔다. 안드리안과 용병들은 신기하다는 듯이 곤의 팔을 보았다.

예전부터 그의 팔에 문신이 있다는 것은 모두가 알고 있었다.

하지만 그 문신에 이런 비밀이 있는 줄은 상상도 하지 못했다. 몇몇은 ‘역시 우리 부단장, 죽은 사람도 살리는데 저런 것쯤이야’ 하기도 했다.

“이름이 뭐라고 했지?”

“흥, 그건 왜 물어? 어서 죽여. 부탁인데 깔끔하게 죽여줬으면 좋겠어."

카시어스가 말했다. 그녀의 말투로 보아 도저히 최상위 어둠의 귀족인 진뱀파이어라고 믿기가 어려웠다. 전투 또한 처절하지 않고 일방적으로 흘렀으니 더욱 그렇게 느끼는 듯했다.

"언데드가 죽여달라고 하니 말이 좀 우습군."

"어쨌든 너희들은 모험가니까 뭔가를 얻기 위해서라도 나를 죽일 것 아니야. 그 뭐냐. 맞아, 뱀파이어 슬레이어. 이런 타이틀 좋아하잖아?"

분명 무시무시한 사기를 내뿜는 카시어스지만 뭔가 좀 이상했다. 귀엽다고 할까. 치대는 느낌이다. 이토록 사기가 넘쳐 나는 곳과 상당히 어울리지 않았다.

"그러지 말고 나와 거래를 하자."

곤이 말했다.

"거래?"

그제야 카시어스는 흥미를 느끼고 초롱초롱한 눈빛으로 곤을 바라봤다.

그녀의 눈빛을 보자 심히 부담감이 느껴지는 곤이다. 그는 헛기침을 한 후 말을 이었다.

"리치 킹의 유물, 그것을 우리에게 넘겨."

"리치 킹의 유물을 넘기면 목숨만은 살려주겠다, 뭐 이런 구태의연한 말은 아니겠지?"

"으음."

곤은 급히 말을 삼켰다. 긴장감이 갑자기 떨어졌지만, 그렇다고 마음을 놓을 수도 없었다. 눈앞에 있는 작은 여성은 분명 초고위급 어둠의 귀족이니까. 변덕스러운 성격 때문에 분위기가 이상할 뿐 언제 어디서 피의 공주로 돌변할지 알 수 없었다.

"네가 원하는 것은 뭐지?"

곤은 솔직하게 물었다.

카시어스라는 뱀파이어를 아주 짧게 겪었지만 도무지 짐작을 할 수 없는 성격이었다. 차라리 이럴 때는 오픈 카드를 쓰는 것이 좋았다.

카시어스는 한 손가락으로 턱을 들고는 고개를 갸웃거렸다.

아무래도 리치 킹의 예언은 이뤄진 듯했다. 리치 킹의 예언이 이뤄졌다면 더 이상 유적을 지키고 있을 필요가 없었다. 그녀의 임무는 끝난 셈이다. 이제는 속박에서 벗어났다.

그래도……

"그와의 약속은 지켰지만… 뭐, 아직 여행은 남아 있으니까."

카시어스는 재미나다는 표정으로 곤을 바라봤다.

"어이, 짜가."

"짜가?"

곤은 눈살을 찌푸렸다.

"그래, 짜가. 아니면 말고. 어쨌든 당신, 이름이 뭐야?"

"곤."

"곤이라……. 좋아, 정했어. 당신이 원하는 것이 리치 킹의 유물이지?"

"맞아."

"참고로 얘기하면 리치 킹이 남긴 유물은 어마어마해. 보게 되면 입이 떡 벌어질걸. 곤, 당신이 그것을 차지할 수 있도록 도와주지."

"조건은?"

"당신과 함께 가겠어."

"뭐?"

곤은 눈살을 찌푸렸다. 전혀 예상하지 못한 대답이기도 하거니와 원하는 대답도 아니었다. 그것은 곤의 일행도 마찬가지였다.

그들은 카시어스의 대답에 어이없다는 표정을 지었다.

"왜?"

"이 지긋지긋한 곳에서 나가면 나는 아는 사람이 한 명도 없거든. 당신들 외에는. 그러니까 당신하고 함께하겠어. 보아하니 리치 킹의 유적을 찾아올 정도면 어느 정도 세력이 있는 것 같기도 하고."

"거절한다면?"

"리치 킹의 유물은 절대로, 절대로 손에 넣을 수 없을 거야. 그건 내가 장담해."

"으음."

도대체 저 뱀파이어의 의중을 알 수가 없었다. 그는 올린을 바라봤다. 그녀는 고개를 저었다. 카시어스에게서 어떤 위화감도 느껴지지 않는다는 뜻이다.

일단은 진심일 가능성이 높았다.

"좋아, 허락하지. 대신 리치 킹의 유물은 확실하게 넘겨줘야 한다."

"아, 말을 정정하지. 리치 킹의 유물이 있는 곳까지는 확실하게 데려가겠어. 대신 그것을 손에 넣을 수 있을지 없을지는 당신들의 능력에 달렸어."

"말이 달라졌군."

"아, 미안미안. 하지만 어쩔 수가 없다고. 잘 들으라고. 이곳을 지키는 자들은 사천왕이라고 하여 과거 리치 킹과 함께 대륙을 휩쓸던 자들이야. 먼저 나 동의 문을 지키는 흡혈여왕 키시어스."

"풋, 흡혈여왕이래."

레빗이 참지 못하고 웃음을 터뜨렸다. 카시어스가 그런 레빗을 노려보았다.

"어이, 꼬마. 그렇게 비웃지 말라고. 수틀리면 너 정도는 닭 모가지 비틀듯이 꺾어버릴 수도 있으니까."

"흥, 해보시지."

레빗은 지지 않고 맞받아쳤다.

"아오, 빡쳐. 팔백 년 만에 정말 힘 좀 써봐?"

카시어스가 목과 어깨를 좌우로 흔들며 자리에서 일어났다. 목과 어깨를 흔들자 관절에서 우두둑 소리가 났다.

"그만하고 얘기나 마저 해. 레빗도 가만있고."

곤이 그들을 제지했다. 무슨 의도인지 모르지만 카시어스가 한발 물러섰다는 것쯤은 그도 알고 있다. 그녀가 전력을 다한다면 최소 이곳에 있는 사람 반은 죽는다.

그만큼 카시어스는 무서운 사기를 가지고 있었다.

굳이 항복한 그녀의 심기를 건드릴 필요는 없었다.

"황금문을 지키는 폭식가 아리오크, 은문을 지키는 사자마왕 데몬고르곤, 철문을 지키는 지옥사제 림몬. 이들은 나와 사이가 나쁘기는 하지만 우리는 불가침 침략 언령으로 맺어져 있어서 서로에게 손을 대지 못하거든. 당신들이 그들과 마주치면 살 수 있을 것 같아? 장담하는데, 이곳에서 살아남을 수 있는 사람은 아마도… 곤 하나 정도일 거야."

"폭식가 아리오크? 천공의 섬을 통째로 삼켰다는 그 전설의 아리오크? 사자마왕 데몬고르곤? 십자 영웅을 산 채로 찢어 죽였다는 그 데몬고르곤! 지옥사제 림몬? 과거 가장 마법이 발전했던 로크스 왕국을 멸망시켰던 그 지옥사제?"

레빗이 놀랐다는 듯이 아리오크와 데몬고르곤, 림몬의 이름과 행적을 줄줄 읊었다.

카시어스는 허리를 툭툭 친 후 하늘을 보았다. 그러고는 레빗을 매섭게 바라봤다.

"야, 너. 걔들은 알면서 왜 나는 몰라?"

"걔들이야 유명하잖아."

"나는?"

"모른다니까."

카시어스는 맥이 쭉 빠지는 느낌이 들었다. 자신이 그 자식들보다 유명세가 모자란 것도 억울한데 아무도 알아주지 않다니.

나름 리치 킹과 함께한 대륙전쟁에서 혁혁한 공을 세웠는데.

카시어스는 주먹을 꽉 쥐었다.

어쩐지 세상으로 나가는 첫발부터 인간 놈들에게 얕보이는 듯한 느낌을 받았다.

Chapter 7. 유적의 식인괴물들

곤과 용병들은 카시어스의 안내로 석탑을 통해 지하로 내려갔다. 영구적으로 어둠을 밝혀주는 야광석이 짧은 간격으로 천장에 붙어 있어 계단을 내려가는 길은 어렵지 않았다.

"와, 저 야광석 봐라. 이렇게 많은 야광석이라니. 저게 다 얼마냐."

고르돈이 턱이 빠져라 천장을 보며 말했다.

"저게 정말로 영구적으로 빛을 내는 야광석이라면… 부르는 것이 값이겠지? 개당 500골드도 넘을걸."

루본스가 고르돈에 말에 대답해 주었다.

"헐, 500골드. 다섯 개만 가져가도 평생 놀고먹겠구만."

고르돈은 야광석이 아까운지 입을 쩝쩝 다셨다.

"시끄러워. 지금 그런 것을 신경 쓸 때냐? 항상 긴장을 늦추지 말라고 몇 번이나 말해?"

안드리안이 그들에게 핀잔을 주었다. 그녀의 말을 듣고 나서야 용병들은 입을 다물고 사방을 경계했다.

"던전이라고 해서 어둠침침한 동굴로만 생각했더니 그것보다 훨씬 규모가 크군. 이곳은 얼마나 큰 거지?"

곤이 카시어스에게 물었다.

"당연하지. 이곳은 인간의 어리석음을 보여주기 위해서 만든 적바벨탑이라고."

"적바벨탑?"

"몰라?"

곤은 고개를 끄덕였다.

"하아, 아는 게 없군. 하긴 내 이름도 모르니. 바벨탑이란 대략 1,200년 전쯤에 인간이 신에게 도전하기 위해서 세운 탑이야. 당시 소울 대제국을 비롯하여 주변 국가들은 마법을 기반으로 하여 엄청난 문명의 발전을 이뤘지. 그들은 모든 이종족을 지배하고 고대 신전을 부쉈지. 그들에게 신은 오직 황제 하나뿐이었다. 황제는 자신이 신보다 위대하다는 것을 보이기 위해서 바벨탑을 건설했지."

"그래서?"

"하지만 인간의 문명은 하루아침에 무너졌어."

"신의 분노인가?"

"아니, 광전사 폭스겐에 의해서."

"광전사 폭스겐?"

"응, 그가 누구인지는 오랜 시간이 지난 지금까지도 밝혀진 것이 하나도 없어. 그냥 갑자기 나타난 거야. 광전사 폭스겐은 모습을 드러내자마자 인류를 멸망시키기 위해서 움직였어. 그때 바벨탑이 무너졌지. 즉 인간의 위대함을 보여주던 상징성과 같은 건축물이 사라진 거야. 그리고 400년 후에 리치 킹이 나타났지. 인간에게 참을 수 없는 적의를 가진 그는 적바벨탑을 세웠지."

"그것이 리치 킹의 유적이란 소린가?"

"맞아. 바벨탑과 구조는 거의 유사해. 다른 것이 있다면 바벨탑은 하늘을 향해서 세워졌고, 적바벨탑은 어둠을 향해서 세워졌다는 것만 달라. 당연한 말이지만 이곳은 어둠의 소굴. 산 사람은 살아 갈 수가 없어."

"이곳은 얼마나 깊은 거지?"

"지하 7층. 깊이는 나도 짐작하지 못해. 대무덤에서 봤듯이 크기와 넓이, 깊이는 상상을 초월해."

"그럼 네가 말한 폭식가 아리오크와 사자마왕 데몬고르곤,

지옥사제 림몬이 한 층씩 지배하고 있는 것인가?"

"그것과는 좀 의미가 달라."

"자세히 설명해 줬으면 좋겠군."

"음, 이곳이 지하 7층이라고 하지만 각각의 층이 밑에서부터 시작하는 것이 아니야. 모두 개별적인 공간인 것이지. 각각의 공간이 마지막 지하 7층으로 이어진다고 할까. 그러니까 일곱 개의 층으로 나눠졌다는 것이 아니고 일곱 개의 공간으로 나눠져 있다는 말이 정확하겠군."

곤은 이해를 했는지 고개를 끄덕였다.

"그럼 그들을 일일이 상대할 필요는 없겠군."

"맞아. 하지만 마지막 층에 도달하기 위해서는 반드시 한 층을 통과해야만 해."

"누가 지키고 있는 층이지?"

"지옥사제 림몬이 지키고 있는 열화지옥(烈火地獄). 그곳이 마지막 관문인 셈이지. 여기서 더 내려갈 것인지 잘 선택해야 돼. 지옥사제 림몬은 보통 무서운 자가 아니야. 인간의 상식을 넘어선 자. 당신들이 그를 이길 수는 없어. 나도 인간 세상에 나가야 하는데 당신들이 죽어버리면 다시 자리나 지켜야 한다고."

"그런 일은 없어. 하나 더 묻지. 우리 말고 다른 탐험가들이 유적에 들어왔지?"

"아마도."

"그들은 어디로 갔지?"

"황금의 문으로 갔을 거야."

"그곳은 누가 지키고 있지?"

"참, 귀찮게 질문도 많네. 그곳은 그 변태 자식 폭식가 아리오크가 있어. 지금쯤이면 모두 놈의 뱃속에 들어갔을 거야."

"폭식가 아리오크라……. 우리를 그쪽으로 안내해 줘."

"뭐? 미친 것 아니야? 지옥사제 림몬도 벅찬데 폭식가 아리오크까지 상대하겠다고? 이봐, 이봐, 곤. 그들은 나처럼 온화하지 않아. 인간들을 증오한다고. 보이는 족족 잡아서 죽일 거야."

"그러게. 왜 굳이 헬리온 백작이 간 방향으로 위험을 무릅쓰고 우리가 가야 하지?"

안드리안도 이해가 되지 않는다는 듯 물었다.

"빚을 지우기 위해서."

곤은 한쪽 입술 끝을 올리며 감정이라고는 하나도 없는 메마른 웃음을 지었다.

＊　　　＊　　　＊

아직 한 명의 희생자도 내지 않은 헬리온 백작과 서른 명의 수하들이 도착한 곳은 거대한 광장이었다. 사방에 야광석이 박혀 있어 빛을 내고 있지만 무척이나 어두운 느낌이었다.

그들은 광장 가운데까지 조심스럽게 걸어왔다.

"이곳은 어디지?"

흑풍의 검이라 불리는 인프 자작이 주위를 둘러보며 말했다. 보통의 광장과 큰 차이가 없지만 분위기는 완전히 달랐다.

어둠의 사기가 가득했다.

"저기, 천장."

한 기사가 천장을 가리켰다. 족히 수십 미터 높이의 천장에는 동굴에서나 볼 수 있는 석회석 고드름이 가득했다. 지하 동굴을 이렇게 거대하게 만들었다는 것 자체가 놀라울 따름이다.

석회석 고드름의 끝에서 물방울이 탐험가들 머리 위로 똑똑 떨어졌다.

"으, 이거 뭐야?"

평범한 물방울은 아닌 듯했다. 끈적끈적하게 손에 들러붙는다.

"백작 각하."

마법사 폴리트 자작은 헬리온 백작에게 다가가 누구에게도 들리지 않게끔 작게 속삭였다.

"말하라."

"아무래도 이곳은……."

"이곳은?"

"투기장 같습니다."

"투기장?"

"넵, 주변을 돌아보십시오. 다른 건축물은 보이지 않고 관중석만 있습니다."

폴리트 자작의 말에 헬리온 백작은 주위를 돌아보았다. 과연 그의 말대로다. 이곳은 분명 투기장 콜로세움이었다.

"리치 킹의 유적에서 발견된 거대한 투기장이라니. 역사학자들이 이곳을 보면 무척이나 좋아하겠군."

"그렇기는 하지만 사방에서 사기가 진동하고 있습니다. 서둘러 이곳을 빠져나가야 할 듯싶습니다."

헬리온 백작은 고개를 끄덕였다. 그 역시 급격하게 높아지고 있는 사기로 인해 마음이 쓰였다. 아무리 투신이라고 불리는 그였지만, 불명확하고 불확실한 일은 꺼려졌다. 상대를 알지 못하는 상태에서 그것과 맞붙는 짓은 구 할이 지고 들어가는 것과 다를 바 없었다.

더군다나 사기가 높아진다는 것은 이곳에 언데드가 있을 확률이 무척이나 높다는 것을 뜻했다.

태양이 작열하고 있는 곳에서 언데드는 무서울 것이 없다.

언데드 본연의 힘에서 일 할도 내지 못하기 때문이다. 하지만 이곳처럼 사기가 충만한 곳이라면 얘기가 달라진다.

최하급의 언데드인 스켈리톤 병사라도 상당한 위력을 낼 수가 있었다. 만약 고위급 언데드가 나타난다면 겨우 서른 명 밖에 안 되는 탐험가들은 큰 타격을 입고 말 것이다.

"서둘러 이곳을 빠져나간다."

헬리온 백작이 말에 탐험가들은 걸음을 빨리했다.

그들이 광장 중앙을 지나칠 때쯤이다.

쿠쿠쿵!

그들이 들어온 복도가 철문으로 가로막혔다. 그곳뿐만이 아니었다.

밖으로 나갈 수 있는 네 방향 모두 두꺼운 철문이 떨어져 입구를 가로막았다.

동시에 콜로세움 중간쯤에 위치한 관중석에서 문이 열리며 머리는 코끼리, 몸은 인간의 모습을 하고 있는 수십 마리의 기괴한 생명체가 모습을 드러냈다. 처음 나선 자들이 꽃가루를 허공에 뿌렸다. 뒤에 나타난 자들은 악단이었다. 피리와 하프, 만돌린을 연주하고 북을 치면서 흥겨운 음악 소리를 내며 들어왔다.

한 생명체가 외쳤다.

"오로로로, 환영합니다! 환영합니다, 모험가 여러분! 위대하신 폭식가 아리오크 님께서 지배하는 치욕의 궁전에 오신 것을 환영합니다! 따란따란딴딴!"

코끼리 머리를 한 생명체는 뭐가 좋은지 크게 웃으며 손바닥을 마구 쳤다.

한창 흥겹게 음악을 연주하던 악단이 양옆으로 쫙 갈라졌다. 그들 사이로 무척이나 뚱뚱한 인물이 나타났다. 신장은 대략 160센티가량 정도 된다. 하지만 옆으로 퍼진 몸뚱이는 2미터도 넘어 보였다.

단순히 뚱뚱하기만 했다면 헬리온 백작을 비롯하여 탐험가들은 비웃었을 것이다. 그러나 나타난 사내의 모습을 보곤 결코 웃음을 지을 수가 없었다.

짧은 바지 위의 배꼽이 배꼽 부위에 있지만 배꼽이라고 말할 수가 없었다. 그것은 거대한 입이었다. 세로 방향으로 쫙쫙 갈라져 삼각형 모양의 상어 이빨이 가득했다.

그것뿐만이 아니었다. 아리오크의 전신에는 입만 수십 개가 넘었다. 각각의 입이 트림, 혹은 하품을 할 때마다 어마어마한 사기가 공중으로 뿜어져 나왔다.

"저, 정말 저자가 폭식가 아리오크?"

기사들은 잘 모를지 모르지만 역사에 대해서 필수적으로 배우는 마법사들은 그렇지 않았다. 특히 상급 마법사에 속하는 폴리트 자작의 안색은 무척이나 창백해졌다.

"아리오크라는 자에 대해서 아는 게 있으면 설명하라. 어서!"

헬리온 백작이 서둘러 말했다. 어쩐지 느낌이 좋지 않았다. 저 입만 많은 괴물도 문제지만, 그것보다 불안한 것은 그들에게 도주할 길이 보이지 않는다는 것이다.

콜로세움에서 밖으로 나가는 길은 아리오크가 나온 통로하나뿐이었다.

"아리오크라는 자는……."

폴리트 자작은 자신이 아는 한도 내에서 아리오크라는 괴물에 대해 설명했다.

아리오크는 본래 인간이었다고 한다. 대도시에서 소와 돼지를 잡아 사람들에게 파는 정육점 주인. 나름 솜씨가 좋았는지 뚱뚱하고 볼품없이 생겼음에도 장사는 곧잘 되었다.

하지만 아리오크는 만족하지 못했다. 그는 세상에서 가장 좋은 고기를 얻고 싶었다. 하여 선택한 것이 몬스터의 고기였다. 하지만 그의 능력으로는 중상급 몬스터를 잡을 수 없었다. 그가 잡을 수 있는 것은 코볼트나 고블린과 같은, 인간의 힘으로도 이겨낼 수 있는 소형 몬스터들.

그것들을 한두 마리씩 잡아 고기로 내놓았다. 하지만 결과는 대실패. 사람들은 고기를 가지고 와서 그의 면상에 던지며 소리쳤다.

"이런 썩을 새끼! 어디서 이런 질기고 맛도 없는 고기를 팔아? 장사 그만하고 싶어? 당장 물어내! 당장 물어내지 않으면 장사 못 할 줄 알아!"

몬스터는 고기로 사용할 수 없다는 것이 판명되었다. 그렇다면 상급 몬스터의 맛은? 아리오크는 상급 몬스터 잡기 위해서 흑마법을 연구했다.

오로지 상급 몬스터의 고기 맛을 보기 위해서.

흑마법을 연구하고 2년이 지나자 그는 오거나 미노타우로스를 흑마법으로 잡을 수 있게 되었다.

하지만 상급 몬스터의 고기 맛은 더욱 지독했다. 도저히 먹을 수가 없었다.

그렇다면 요정들의 고기 맛은 어떨까.

요정들의 고기는 너무도 연했다. 맛은 있지만 입안에서 훌쩍 녹아버렸다. 그리고 양도 너무 적었다. 1인분의 고기를 먹으려면 최소 다섯 마리 이상의 요정을 잡아야만 했다. 한 마리를 잡는 데 일주일의 시간이 걸리는 것을 감안하면 밑지는 장사였다.

하여 아리오크는 요정에게서도 손을 뗐다. 그는 자신이 잡을 수 있는 모든 종류의 생명체를 손에 넣어 고기를 만들었다.

하지만 그 어떤 생명체도 아리오크의 입맛을 맞출 수는 없었다.

그러던 어느 날 그의 귓가에 악마가 속삭였다.

—세상에서 가장 맛있는 고기가 무엇인지 가르쳐 줄까?

"그것이 무엇입니까? 제발 가르쳐 주십시오."

아리오크는 악마에게 눈물을 흘리며 빌었다.

—가르쳐 주면 너는 나에게 무엇을 줄래?

"무엇을 원하십니까?"

—후후후, 나는 아무것도 바라지 않아. 그저 너의 몸에 나의 권능을 약간만 섞으면 어떤 것이 될까 궁금할 뿐이야.

"무엇을 해도 좋습니다. 세상에서 가장 맛있는 고기가 무엇인지 가르쳐만 주십시오."

—좋아, 가르쳐 주지.

"당신은 누구십니까?"

—나? 나는 파리대왕이야. 전염병을 다스리지.

"당신이 누구든 상관없습니다. 저에게 가르침만 준다면."

아리오크는 악마의 권능을 받아들였다. 악마가 가르쳐 준 세상에서 가장 맛있는 고기는 놀랍게도 인간이었다. 그는 남들이 잠든 시간, 도시의 거지들을 정육점으로 끌어들여 한 명씩 해체했다.

뇌, 심장, 간, 콩팥, 위, 허파 등 장기들을 해체하여 하나씩 맛보았다.

놀랍게도 모든 장기가 하나같이 맛이 달랐다. 그는 깨달았다. 세상에서 가장 맛있는 생명체는 인간이라는 것을.

그는 인간의 고기를 인간에게 판매했다.

고기의 인기는 엄청났다. 도시의 귀족들도 아리오크가 파는 고기를 먹지 못해서 환장을 했다. 발 없는 소문은 사방으로 퍼져 국왕의 귀에까지 들어가기에 이르렀다.

아리오크는 국왕에게 매달 고기를 진상했다.

그렇게 아리오크가 십 년 동안 인간 고기를 팔며 아마도 약 10만 명의 인간을 도살했을 때쯤이다. 그가 인간의 고기를 팔아서 엄청난 부를 축적했다는 것을 누군가에게 들키고 말았다. 사실 암암리에 모든 사람들이 알고 있었지만 워낙 고기가 맛있다 보니 눈감아주고 있었던 것이다.

하지만 그것이 주신을 모시는 교단에까지 통하는 것은 아니었다.

교단의 입장에서 보면 그는 철저한 이단이었다.

아리오크는 감옥에 갇혔다. 도시의 모든 사람들이 보는 앞의 단두대에서 목이 달아날 것이라고 여겼다. 아리오크는 억울했다. 세상 모든 사람들이 그토록 즐겁게 고기를 먹고서는 단지 인간의 고기였다는 것만으로 자신을 배척하는 것이 너무도 억울했다.

아리오크가 감옥에서 끌려나와 교수형장으로 가는 날,

놀랍게도 그가 살던 왕국이 전염병에 휩싸였다.

인간이 인간을 먹었다. 고로 천벌이 내린 것이다.

단 일주일이었다.

일주일 동안 왕국은 멸망했다. 인간의 고기를 맛본 팔 할에 달하는 사람들이 죽었다. 살아남은 사람은 멋모르고 인간의 고기를 먹은 어린아이뿐이었다.

그리고 아리오크의 잠재되어 있던 흉성이 폭발했다.

세상의 모든 인간을 먹어치울 때까지 그의 흉측한 악행은 멈추지 않을 것이다.

이것이 아리오크가 탄생하게 된 배경이었다. 물론 그 이후에도 그의 악행은 책으로 펴내도 모자랄 만큼 많았다.

"최악의 괴물이군. 좋아, 전원 전투 준비."

헬리온 백작이 검을 뽑으며 말했다. 그의 명령에 탐험가 전원이 무기를 들었다. 탐험가 중에는 마법사가 세 명이나 있다. 무력이 약한 레인저가 두 명 껴 있기는 하지만 자기 한 몸 간수할 정도는 되었다.

헬리온 백작이 선별할 수 있는 최강의 무력을 가진 자들이 바로 이들이었다.

이들 서른 명이면 어지간한 한 개 기사단도 반 시간 안에 전멸시킬 수 있는 능력이 있었다.

하여 헬리온 백작은 저 괴물을 상대할 자신이 있었다. 비록 상대가 800년 전의 괴물이라고 하더라도.

"모두 조용!"

아리오크가 손을 들었다. 한창 신나게 연주하고 있던 괴생명체들이 음악을 딱 멈췄다.

"자, 오래간만에 온 손님들이다. 걸맞게 대접을 해주도록."

아리오크의 말과 함께 사방에서 괴기한 생명체들이 튀어나와 관중석에 앉았다.

머리가 말인 인간, 말의 몸을 하고 뱀의 머리를 한 동물, 원숭이의 몸과 인간의 머리를 한 동물 등 해괴망측한, 듣지도 보지도 못한 수백 마리의 생명체가 관중석을 채웠다.

―우오오오오! 위대하신 폭식가 아리오크 님을 찬양합니다! 오오오오오! 위대하신 폭식가……!

괴물들은 마구 발을 구르며 아리오크를 외쳤다. 그 광경이 너무도 기묘하여 현실 같지 않다는 생각이 드는 탐험가들이었다.

"저것들은 도대체 다 뭐야? 냄새도 지독하고."

폴리트 자작의 오랜 친구인 인프 자작이 코를 막으며 말했다.

"몰라. 하지만 느껴지는 사기로 보아서… 여기서 빠져나가기는 쉽지 않을 거야."

인프 자작은 고개를 저었다.

"지랄, 아무리 괴물이라고 하더라도 머리통이 날아가면 뒈

지겠지."

인프 자작이 곧장 앞으로 나섰다. 그의 검에서 푸른색 아지랑이가 피어올랐다.

기사들은 그를 흑풍의 기사라 부른다. 그가 한번 지나치면 검은색 돌개바람이 부는 것 같다고 하여 붙여준 애칭이다.

"흑참(黑斬)!"

인프 자작에게 흑풍의 기사라는 애칭을 붙여준 기술. 가장 심플하면서도 강력한 기술이 바로 흑참이었다. 흑참은 전방에 있는 적을 일격에 뚫는 필사의 기술. 최대 열두 명의 기사를 한꺼번에 뚫은 적도 있었다.

그는 자신이 가진 기술에 자부심이 대단했다. 설사 상대가 전설 속에 나오는 괴물이라 하더라도 어느 정도의 타격을 입힐 수 있으리라 자신했다.

그의 검에서 뿜어져 나온 강대한 오러가 창이 되어 폭식가 아리오크를 향해 날아갔다.

"오홀홀홀홀, 역시 인간들이란 발전이 없어요, 발전이."

아리오크는 손을 휘둘렀다. 괴물들이 명령에 따라 급히 그의 앞을 가로막았다. 날아온 인프 자작의 공격은 그들의 가슴을 뚫었다. 한 명, 두 명, 세 명, 모두 아홉 명을 뚫은 인프 자작의 공격이 그제야 멈췄다.

"폭식가 아리오크 님, 만세, 만세, 만만세!"

괴물들은 아리오크를 재창한 후 그대로 숨을 거뒀다.

"오홀홀홀홀, 재밌어요, 모험가 양반. 일단 당신부터 맛보기로 하죠."

죽은 생명체들이 갑자기 움직이며 인프 자작의 검을 잡았다. 손가락이 싹둑싹둑 잘려 나갈 만큼 날카로운 검날이었지만 그들은 개의치 않았다. 손가락이 모두 잘려 나가면 손바닥으로, 손바닥이 잘려 나가면 이빨로, 얼굴이 반이 잘려 나가면 몸통으로 인프 자작의 검날을 꽉 움켜쥐었다.

"이, 이것 놔!"

인프 자작이 아무리 검을 흔들어도 그들이 놔주지 않았다.

"뒤로 물러서! 인프 자작!"

헬리온 백작이 외쳤다.

인프 자작도 헬리온 백작의 외침을 들었다. 하지만 그는 애검을 버리고 도저히 뒤로 물러날 수가 없었다. 그의 애검은 블라인드 엣지라는 마법검이다. 순간적으로 상대방의 눈앞에서 순간이동을 할 수 있는 마법을 생성시킬 수 있었다. 비록 반경 30미터 안으로 물러나는 것뿐이었지만 그것으로도 인프 자작의 목숨을 몇 번이나 구했다.

인프 자작 가문의 보배 블라인드 엣지.

지난 30년간 인프 자작과 함께해 온 역사적인 검이기도 했다.

당연히 인프 자작은 블라인드 엣지를 목숨만큼이나 귀중하게 여겼다.

하지만 지금은 순간이동을 할 수가 없었다. 블라인드 엣지에 걸린 마법을 발동시키기 위해서는 검날이 어떤 것과도 접촉하고 있어서는 안 되었다.

하여 시체들에게 붙잡힌 인프 자작의 블라인드 엣지는 순간이동으로 아리오크 앞에서 벗어날 수가 없었다. 그는 지금 위험했다.

헬리온 백작을 비롯하여 탐험가들이 인프 자작에게 뒤로 물러나라고 외쳤다.

그럼에도 인프 자작은 도저히 검을 놓고 뒤로 물러날 수가 없었다.

그 짧은 망설임이 인프 자작에게는 돌이킬 수 없는 치명적인 악수로 다가왔다.

아리오크의 입에서 흘러나온 끈끈한 점액질이 어느새 인프 자작의 팔목에 닿았다.

"으윽, 이건 뭐야!"

인프 자작은 점액질을 떼어내기 위해 팔을 휘둘렀지만 떨어지지가 않았다. 오히려 점점 더 점액질이 온몸에 옮겨 붙었다.

뭔가 잘못된 것을 본능적으로 알아차린 그는 품 안에 있던 스크롤을 꺼내 찢었다.

쿠쿠쿠쿵!

인프 자작 코앞에서 화염이 치솟았다. 반경 10미터 이내의 모든 물체를 불속에 가둘 수 있는 스크롤. 인프 자작도 타격 범위 안에 들어가기 때문에 위험을 감수하고 사용한 것이다.

"크흑."

마력으로 몸을 보호하기는 했지만 타격을 입지 않을 수가 없었다. 코앞에서 3서클의 폭발 마법이 터졌는데 무사하면 그것이 더 이상했다.

하지만 점액질은 인프 자작에게서 조금도 떨어지지 않았다.

"오홀홀홀, 그건 한번 붙으면 떨어지지 않아요. 그것을 떨어뜨리기 위해서는 밖에서 다른 사람이 충격을 줘야 한답니다. 혼자의 힘으로는 절대로 끊을 수 없어요."

아리오크는 짧은 손으로 입을 가리며 웃었다.

"츠릅, 일단 맛을 볼까요."

아리오크가 손짓하자 그의 수많은 입에서 나온 점액질이 안쪽으로 당겨졌다. 인프 자작은 거미줄에 감기듯이 둘둘 말려 아리오크가 있는 방향으로 딸려 갔다.

아리오크가 양손에 식칼을 들었다. 그는 고양이와 같은 두 눈을 반짝이며 입맛을 다셨다.

"자, 그럼 잘 먹겠습니다."

아리오크가 인프 자작의 목줄을 따려고 식칼을 내밀었다.

"으아아악!"

설마 산 채로 잡혀먹을 것이라고 생각하지 못한 인프 자작은 자신도 모르게 비명을 질렀다.

"죽어!"

그사이 헬리온 백작이 직접 나서서 아리오크에게 접근했다. 헬리온 백작의 검이 일직선으로 그어졌다.

허공에서 허공으로.

"공간참(空間斬)!"

괴생명체들이 헬리온 백작과 아리오크의 앞을 막아섰다. 그러나 놀랍게도 헬리온 백작의 공격이 순간적으로 사라지더니 아리오크의 앞에 나타났다.

푸식!

아리오크의 뚱뚱하다 못해 금방이라도 녹아내릴 것 같은 기이한 육체의 살결이 반으로 쫙 갈라졌다. 고통을 느끼는지 수많은 입이 '아파아파아파' 하고 비명을 질렀다.

"오홀홀홀홀, 그쪽 모험자, 특이한 기술을 쓰는군요."

상당한 출혈이 있음에도 아리오크는 웃음을 멈추지 않았다. 아무런 고통을 느끼지 못한다는 듯 갈라졌던 상처가 순식간에 복구되며 재생되었다.

"인프 자작을 놔줘! 괴물아!"

헬리온 백작이 연속으로 공간참을 발사했다.

헬리온 백작의 공간참은 중간을 가로막은 장애물을 넘어서 상대방을 가격하는 기술이다. 장애물을 통과하다니 보니 어떤 상대도 쉽게 막을 수가 없었다.

예를 들어 최강의 방어구를 입은 적을 공간참으로 벤다면 어찌 될까. 아무리 최강의 방어구를 입고 있다고 하더라도 소용없었다. 방어구를 입은 적의 몸이 그대로 공간참에 드러날 테니까.

이제껏 인간들과의 전투에서는 적수를 찾아볼 수 없었던 무적의 기술이었다.

공간을 뛰어넘을 수 있는 능력이 가능한 것은 모두 헬리온 백작이 가지고 있는 투신검 소울 브레이크 덕분이었다. 본래 막강한 전투력을 가진 헬리온 백작과 공간을 뛰어넘을 수 있는 능력을 가진 투신검 소울 브레이크가 만나 아슬란 왕국에서도 손에 꼽을 수 있는 막강한 기사가 된 것이다.

그런데 공간을 뛰어넘은 공간참이 아리오크가 아닌 인프 자작을 베었다. 헬로안 백작이 공간참을 발사하자 아리오크가 인프 자작을 들어 올려 막은 것이다.

"크흑!"

인프 자작의 입에서 헛바람이 흘러나왔다. 공간참에 의해서 척추가 잘렸다. 척추가 잘린 이상 이제 일어설 수가 없다. 기사로서의 인생은 끝장난 것이다. 하지만 인프 자작은 거기까지 생각이 닿지 않았다.

눈앞에 있는 식인 괴물은 손을 쓸 수 없을 정도로 강하다는 것.

아리오크의 배에서 긴 혀가 스멀스멀 튀어나왔다. 긴 혀는 점액질에 달라붙어 있는 인프 자작을 휘감았다. 그제야 점액질이 떨어져 나갔다.

"아, 안 돼!"

인프 자작은 공포에 젖은 눈빛으로 외쳤지만, 허리의 신경이 완전히 끊어진 상태에서는 도저히 움직일 수가 없었다.

"오홀홀홀, 여러분, 제가 먼저 시식하겠습니다. 거의 30년 만에 맛보는 인간의 고기군요."

아리오크는 양손에 든 식칼로 인프 자작을 해체했다. 손과 발, 피부 껍질, 근육, 뼈, 그리고 장기들. 인프 자작이 해체되는 것은 그야말로 순식간이었다.

아리오크는 해체한 인프 자작의 살점을 입안으로 넣었다.

"오홀홀홀홀, 정말 좋군. 바로 이 맛이야. 몇백 년이 지나도 변하지 않는 이 맛."

아리오크는 입을 벌리며 웃었다. 그의 입에서 인프 자작의 잘린 파편이 튀어나왔다. 주변에 있던 괴물들이 앞다투어 튀어나와 바닥에 떨어진 인프 자작의 살점을 혀를 내밀어 할짝할짝 핥았다.

그런 아리오크의 모습을 본 몇몇 탐험가가 못 참고 속에 있는 것을 게워냈다. 헬리온 백작은 눈이 뒤집혔다. 30년간 함께해 온 피붙이와 같은 동료를 잃었다.

전장에서 살아가는 만큼 언제 죽어도 상관이 없다고 여겼다. 하여 헬리온 백작과 인프 자작, 폴리트 자작은 항상 품에 유언장을 가지고 다녔다.

하지만 이렇게 죽는 것은 아니었다. 명예로운 기사가 한낱 괴물의 먹잇감으로 전락하다니 도저히 참을 수가 없었다.

"오홀홀홀홀. 자, 모험가 여러분. 지금부터 최선을 다해 도망치세요. 물론 도망칠 수 있는 곳은 이곳 콜로세움이 다입니다. 오래 살아남는 사람은 특별히 자신의 몸을 따로 시식할 수 있는 시간을 드립니다. 와우, 물론 자신의 몸이 반으로 잘릴 때까지는 죽지 않아요. 그건 제가 장담하죠. 나름 저는 유능한 푸줏간 주인이거든요. 그러니 걱정하지 마시고 오랫동안 뛰어주세요. 자, 그럼 사냥을 시작합니다."

아리오크의 말과 함께 콜로세움을 가득 메운 괴물들이 탐험가들을 향해서 꾸물꾸물 움직이기 시작했다. 모두가 입에서 침을 질질 흘린다.

괴물들은 탐험가들을 적으로 인식하지 않았다.

오래간만에 찾아온 맛있는 먹이, 침을 질질 흘릴 정도로 맛스럽고 감칠맛이 나는 먹이에 불과했다.

그 이상도 이하도 아니었다.

"전원 전투 준비! 인프 자작의 원수를 갚는다!"

헬리온 백작의 검에서 붉은 아지랑이가 피어올랐다. 그의 분노한 감정만큼이나 오러는 붉게 타올랐다.

기사들 역시 마찬가지였다. 그들은 지금까지 믿고 따르던 인프 자작의 죽음을 목격했다.

도저히 용납을 할 수가 없었다.

"죽여!"

가장 먼저 폴리트 자작의 마법이 터졌다. 광대역 마법인 파이어 월이 시전되었다. 5미터 높이의 불의 장벽이 생성되면서 다가오던 수십 마리의 괴물을 삽시간에 불태워 버렸다. 파이어 월의 화력은 거기서 끝나지 않았다. 파이어 월은 천천히 밖으로 전진하며 다가오던, 파이어 월을 보고 놀라서 뒷걸음치던 괴물들을 모조리 집어삼켰다.

"가라!"

파이어 월의 제한 시간이 끝날 무렵, 탐험가들은 검에 오러를 내뿜으며 식인 괴물들을 향해서 달려들기 시작했다.

Chapter 8. 최후의 던전

폭식가 아리오크가 다스리는 투기장의 천장.

그곳에는 곤과 카시어스, 용병들이 숨어들어 상황을 지켜보고 있었다. 몇몇은 아리오크가 보인 광기의 식인 행위를 보고는 울렁이는 속을 참지 못하기도 했다.

그들이 바라보는 투기장은 식인 언데드들의 소굴이었다. 그들이 내뿜는 지독한 사기와 광란은 제정신을 유지한 채 지켜보기가 힘들었다.

"괴물들의 숫자가 엄청나군."

사기가 마음에 안 드는지 언제나 과묵하게 있던 씽이 말했다.

"어머나, 저 덩치 큰 생물도 말을 할 줄 아나 보네. 난 벙어리 줄 알았지."

카시어스가 짐짓 놀란 듯 호들갑을 떨었다.

"저들에 대해서 설명이나 좀 해봐."

씽이 짧게 말했다.

카시어스는 어깨를 으쓱거린 후 식인 언데드에 대해서 설명했다.

"저들은 폭식가 아리오크가 만들어낸 언데드야. 모습도 행동 방식도 보통의 언데드와는 많이 다르지? 한마디로 저것들은 아리오크가 자신의 끝없는 허기를 채우기 위해서 만들어낸 불쌍한 존재들이지. 저들은 죽었지만 의식은 미세하게 살아 있어. 왜냐고? 저 식인 언데드들에게 허기라는 것을 느끼게 하려는 것이지."

"언데드에게 허기를 느끼게 한다고?"

안드리안이 물었다.

"그래. 보통 하급 언데드는 생기만 갈구해. 살아 있는 인간을 찾아서 끊임없이 어둠의 세계를 헤매지. 하지만 생기를 허기로 바꾸면 어떻게 될까? 아리오크는 저들을 통해서 자신의 욕구를 채우는 거야. 언데드는 아무리 식인을 하더라도 만족하지 못하지. 먹어도 먹어도 허기는 채워지지 않아."

"흠."

카시어스의 말에 모두가 신음을 삼켰다. 용병들은 많은 전쟁터를 전전했지만, 지금처럼 끔찍한 괴물은 처음 봤다. 더군다나 천장에서 바라본 식인 언데드의 숫자가 엄청났다. 바글바글하다.

헬리온 백작은 진형을 잘 짜서 악착같이 식인 언데드와 사투를 벌였다. 하지만 죽여도 죽여도 계속해서 불어나는 식인 언데드를 모두 해치울 수는 없었다.

오히려 헬리온 백작가의 기사들이 죽이는 식인 언데드의 숫자보다 불어나는 숫자가 더욱 많았다.

서른 명에 달하던 기사들이 지금은 반으로 줄었다. 죽은 기사들의 최후는 처참했다. 식인 언데드들이 미친 듯이 달려들어 쓰러진 기사들을 머리카락 하나 남기지 않고 먹어치웠다.

기사들이 쓰러지면 쓰러질수록 헬리온 백작은 점점 더 궁지에 몰렸다.

투신이라는 별명답게 헬리온 백작이 엄청난 위력을 발휘하며 식인 언데드를 해치웠지만 그뿐이었다. 광대역 스킬이 없는 그로서는 식인 언데드를 한꺼번에 해치울 수가 없었다.

"아리오크를 잡지 않으면 식인 언데드는 사라지지 않나?"

곤이 물었다.

"응, 식인 언데드는 무한으로 생겨나. 아리오크를 잡기 위해서는 저 수많은 언데드를 뚫어야 하지. 하지만 반대로 아리오크를 잡으면 더 이상 식인 언데드를 상대할 필요가 없다는 소리지."

"그렇군."

곤은 고개를 끄덕였다.

"무슨 방법이 있어? 다시 한 번 말해두지만 나는 조언을 할 뿐 직접 전투에 참가하지 못해."

"충분히 도움이 된다. 아리오크의 강점과 약점은 무엇이지?"

"아리오크는 가히 개인 군단이라고 칭할 수가 있지. 놈이 먹어치우는 모든 생명이 식인 언데드로 변해. 그뿐만이 아니야. 식인 언데드들끼리도 서로를 먹을 수가 있어. 그럼 뭐로 변하는지 알아? 백귀야행이라는 괴물로 업그레이드되지."

"백귀야행?"

"설마 그런 것도 모르는 거야?"

아직 이 세계의 지식이 풍부하지 못한 곤은 백귀야행이라는 언데드에 대해서는 알지 못했다. 하지만 다른 동료들은 그것에 대해서 아는 모양이었다. 얼굴이 핼쑥할 정도로 변하는 것을 보면.

백귀야행이란 언데드들끼리 합쳐져서 만들어진 괴물을 뜻한다. 수많은 종족 중에서 오로지 한 종족만 가능한 합신. 그것은 영혼이 없는 언데드이기 때문에 가능할 것이다.

백귀야행의 가장 무서운 점은 끊임없이 다른 언데드를 생산한다는 점이었다. 그 생산력은 다크 나이트를 훌쩍 뛰어넘었다. 만약 한 마을에 백귀야행이 나타난다면 그 마을의 모든 인간이 언데드로 변하는 데는 하루가 걸리지 않았다.

고서에 나오는 백귀야행의 모습은 수백 가지가 넘었다. 그것은 맨 처음 어떤 언데드가 어떤 형태로 다른 언데드를 흡수하느냐에 따라서 모습이 결정되기 때문이었다.

"절대로 백귀야행이 되게 하면 안 돼. 놈은 전염병이나 마찬가지야. 예전에는 백귀야행 한 마리가 왕국을 전멸시키기도 했다고."

안드리안이 단언했다.

곤은 고개를 끄덕였다. 그녀의 말대로 백귀야행이라는 상급 언데드가 수십 마리씩 아리오크를 지키고 있다면 아무리 그라고 하더라도 백귀야행을 뚫고 아리오크를 처리할 수는 없을 것이다.

"놈의 약점은?"

"접근전에 약해. 저 뚱뚱한 몸을 봐. 놈은 애초에 접근전을 좋아하지 않아. 놈을 에워싸고 있는 수천 마리의 식인 언데드만 처리하면 돼. 아, 물론 지금이 기회야. 지금 놈은 저 모험가들을 가지고 놀고 있어. 지금을 놓치면 놈은 백귀야행뿐만 아니라 수많은 상급 언데드를 불러낼 거야."

"상급 언데드?"

"응. 설마 폭식가 아리오크에게 백귀야행만 있다고 믿는 것은 아니겠지? 놈은 스켈리톤 오거, 스켈리톤 히드라까지 불러낼 수가 있다고. 리치 킹을 제외하면 사령 마법은 아리오크가 최강이야. 그것들을 모두 불러내면 일개 도시쯤은 한순간에 쑥대밭이 돼. 그러니까 지금, 바로 지금 놈을 처치해야 돼."

"우리에게 운이 좋은 셈이군. 씽."

"네, 형님."

"내가 식인 언데드를 없애겠다. 네가 아리오크란 놈을 처리해라. 가능하겠지?"

씽은 고개를 끄덕였다. 자신에게 맡겨진 임무는 이곳에 있는 모든 이의 생명과 직결된다. 그럼에도 씽은 두려움 따위는 느끼지 않았다. 언제나 그래왔다는 듯이 씽은 아무렇지도 않게 고개를 끄덕였다.

"뭐? 무슨 수로?"

오히려 놀란 것은 카시어스였다. 분명 이들은 강하다. 하지만 인간으로서 강하다는 것이지 이종족, 혹은 마수들을 상대로 강한 것은 아니었다.

카시어스가 곤과 함께하려는 이유가 있다. 그 이유를 밝힐 수도, 밝히지도 못한다. 하지만 곤이 이토록 무대포로 나간다면 그녀도 단념할 수밖에 없었다.

"펑펑."

"예스, 주인."

펑펑이 날개를 펄럭이며 모습을 드러냈다.

"술법을 증폭시켜 줘."

"맡겨두시라고용."

펑펑은 걱정하지 말라는 듯 손가락을 좌우로 저었다.

용병들은 이제 펑펑을 볼 수 있었다. 예전에는 정령을 믿지 않아 펑펑을 볼 수 없었지만, 지금은 곤이 똥을 금이라고 해도 믿을 것이다. 그들은 처음 본 펑펑이 너무나 신기하고 귀여워서 쓰다듬었다가 '이런 개 후레자식들을 봤나. 어딜 감히 신성한 이 몸에 더러운 손가락을 대! 다 뒤지고 싶어!?' 라는 엄청난 욕을 먹고는 더 이상 그녀와 대화를 나누는 것을 포기했다.

"어머나, 물의 정령 운디네잖아?"

카시어스는 펑펑을 대번에 알아봤다.

"내가 보여?"

펑펑은 심드렁하게 대답했다.

"당연히 보이지. 그나저나 대단한데? 인간의 세상에서는 거의 사라진 정령인데. 아직도 정령술사가 남아 있다니."

카시어스는 놀랍다는 듯이 곤을 바라봤다.

곤은 대답하지 않았다. 자신이 샤먼이라고 설명하는 일도 귀찮았다. 평평과 계약을 맺은 일까지 설명하자면 황색 오크 마을까지 거슬러 올라가야 했다. 나중에 설명을 할 테지만 지금은 아니었다.

곤은 헬리온 백작과 그의 일행을 보았다. 그들은 관중석으로 올라가 등을 벽에 대고 식인 언데드들과 맞서 싸우고 있었다.

식인 언데드의 숫자가 엄청나다. 투기장을 가득 메우고 있다고 해도 과언이 아니었다.

곤은 부적을 한 장 던졌다.

"재앙술 4식, 범람."

갑자기 멀쩡한 천장에 물방울이 맺혔다. 물방울은 점점 커지더니 투기장을 향해 세찬 비바람이 되어 쏟아지기 시작했다.

"증폭!"

평평이 외쳤다.

순간 놀라운 일이 벌어졌다. 용병들도 놀랐지만 가장 놀란 것은 카시어스였다.

세차게 내리치던 비바람이 갑자기 눈에 보이지도 않을 정도로 강력한 폭풍이 되어서 쏟아져 내리는 것이 아닌가.

엄청난 물 폭탄이 순식간에 넓은 투기장을 가득 채웠다. 조금만 더 물이 쏟아진다면 아리오크가 있는 곳까지 닿을 듯했다.

"뇌격우!"

곤은 주문을 외웠다. 그의 주문과 함께 천장을 뚫고 수십 발의 뇌격이 투기장 안으로 떨어졌다.

빠지지지지지직!

수십 마리가 넘는 식인 언데드가 뇌격에 맞아 산산조각이 나며 폭발했다.

하지만 식인 언데드의 숫자는 엄청나게 많았다. 그들은 모두 뇌격에 의해서 폭발하듯이 퍼져 나가는 전기에 감전되어 수박이 터지듯이 터졌다.

퍼퍼퍼퍼퍼퍼퍼펑!

눈 깜짝할 사이라고 하면 맞을 것이다. 지하 공간에서 갑자기 비가 내린 것도 이상한데 번개까지 쳤다. 번개는 투기장을 가득 메운 물 위로 떨어져 수천 마리 가깝게 늘어난 식인 언데드를 모조리 폭파시켰다.

살아남은 것은 관중석 위에 올라가 물을 피한 헬리온 백작과 몇몇 탐험가들, 아리오크, 그리고 얼마 남지 않은 식인 언데드뿐이었다.

모두가 어이가 없다는 듯 목각 인형처럼 그대로 멈췄다.

"지금이야, 씽."

곤의 명령이 떨어졌다.

씽은 곧장 실행으로 옮겼다. 그는 천장을 손톱으로 깬 후 아리오크를 향해서 수직 낙하를 감행했다.

식인 언데드의 사체가 산더미처럼 쌓여 있는 투기장, 그리고 하늘에서 떨어지는 아름다운 은발의 사내.

생존한 모두가 무의식적으로 씽을 응시했다.

챙!

씽의 손가락에서 열 개의 날카로운 손톱이 튀어나왔다.

쿠쿵!

그는 바람처럼 아리오크의 곁을 스치고 지나쳤다.

"어?"

폭식마 아리오크가 마지막으로 내뱉은 말은 무척이나 짧았다. 지금 무슨 일이 벌어졌는지 오랜 시간을 살아온 그조차도 알 수가 없었다.

그는 오로지 인간의 고기를 먹을 수 있다는 일념만이 머릿속에 가득했다.

곧 먹을 수 있다.

실컷 먹을 수 있다.

인간의 고기를.

그러나 그는 인간의 고기를 먹기 전, 이상한 일을 당했다. 몸이 반으로 갈라지는 이상한 일을.

"뭐, 뭐야?"

반으로 갈라진 아리오크의 내장에서 입들이 튀어나오며 갈라지는 몸을 붙잡았다. 다시금 심줄이 연결되어 재생을 시작한다.

그러나 씽은 아리오크가 재생이 완료되도록 내버려 두지 않았다.

그의 열 개의 손톱이 좌우로 사정없이 수십 번이나 교차했다.

"으, 으익! 이, 이게 뭐야? 너, 너는 누구……?"

아리오크가 말을 끝맺기도 전에 그의 육체는 수백 조각으로 잘게 잘렸다.

아리오크의 눈동자 하나가 끔벅거렸다. 아직도 무슨 일이 벌어졌는지 모르는 눈치였다.

"이야, 위대한 폭식마께서 이게 무슨 일이신가?"

천장에서 내려온 카시어스가 수백 조각으로 나눠져 벌레처럼 꿈틀거리고 있는 아리오크를 보며 이죽거렸다.

아리오크의 쪼개진 입 부위가 겹쳐졌다.

"이런 미친년. 지금 배신한 것이냐?"

아리오크의 입이 외쳤다.

"배신은 무슨, 우리 사이에 지켜야 할 의리라도 있었냐? 언령이 들어간 약속이 없었다면 우리는 언제 죽여도 이상하지 않을 사이잖아."

"아직 리치 킹이 부활하지 않았다. 약속을 지키지 않으면 너는 재가 되어 사라질 것이다."

"헹, 됐고요. 나는 프리덤일세."

카시어스는 입과 눈밖에 남지 않은 아리오크를 향해서 혀를 날름 내밀었다.

"리치 킹께서, 리치 킹께서 너를 용서하지 않을……."

아리오크는 끝내 말을 잇지 못했다. 그의 몸은 곤의 화염 술법에 의해서 한 줌 재가 되어 사라졌다. 동시에 아직 관중석에 남아 있던 식인 언데드가 힘이 다한 듯 쓰러졌다.

*   *   *

포션을 마시고 체력과 마나를 회복한 헬리온 백작이 곤에게로 다가왔다. 대귀족답지 않게 그는 먼저 손을 내밀었다.

"고맙네. 덕분에 살았어."

곤은 그의 손을 맞잡으며 고개를 저었다.

"별말씀을. 저희가 같은 처지에 있었어도 각하께서는 같은 선택을 하셨을 겁니다."

곤의 말에 헬리온 백작은 잠시 조금 전에 있던 지옥과 같은 일을 떠올려 보았다.

곤과 그의 일행이 위기에 처해 있었다면 자신은 어떤 행동을 취했을까. 겨우 삼십 명이었다. 반면 식인 언데드의 숫자는 일천 마리를 훨씬 넘어갔다. 위험을 무릅쓰고 수하들과 함께 곤을 구하러 갈 수 있었을까?

솔직히 말하면 곤을 내버려 둘 가능성이 훨씬 높았다. 그렇기에 조금은, 아니, 많이 창피했다.

"그런데 어떻게 여기를 오게 됐나? 우리의 뒤를 쫓은 것인가?"

헬리온 백작이 물었다. 곤은 고개를 흔들었다. 그리고 그간 있던 일을 말해주었다. 98퍼센트의 진실과 2퍼센트의 거짓을. 당연히 카시어스에 대해서는 말을 할 수가 없었다. 그녀가 진뱀파이어로서 파티에 합류했다고 하면 한바탕 난리가 날 것이 뻔했다.

"그렇군. 자네들도 그리 쉽게 이곳까지 온 것은 아니군. 다행히 큰 부상을 입은 사람은 없어 보이는구만."

"운이 좋았을 뿐입니다."

곤은 짧게 말했다. 그도 그럴 것이, 살아남은 헬리온 백작의 수하가 겨우 열 명이었다. 스무 명은 무참하고 잔인하게 식인 언데드들에게 잡혀 먹었다.

특히 평생 친구를 잃어버린 마법사 폴리트 자작은 반쯤 넋이 나간 채 허공을 바라보고 있었다.

"내가 어리석었네. 리치 킹의 유적을 너무 만만하게 생각했어. 겨우 서른 명 가지고 이곳을 탐험할 수 있다고 여겼다니."

헬리온 백작은 혀를 찼다. 열여덟 명의 최정예 기사와 두 명의 상급 마법사를 잃었다. 그들의 전력은 돈으로도 결코 살 수가 없었다. 개개인이 칠살의 기사들을 뛰어넘는 자들을 열여덟 명이나 잃었으니 헬리온 백작의 입장에서는 속이 쓰릴 수밖에 없었다.

"이후의 계획은 어찌 되는가?"

헬리온 백작이 물었다.

"모두가 상당히 지쳤습니다. 이곳은 더 이상 위험이 없어 보이니 하루를 쉬고 내일 다시 던전을 탐색할 생각입니다."

"그런가? 그럼……."

헬리온 백작은 뭔가 말하려는 눈치였다.

곤은 그가 무슨 말을 하려는지 눈치챘다. 왕국 5대 기사로서 칭송받는 그가 먼저 아쉬운 얘기를 하기란 참으로 어려울 것이다.

곤은 그가 보지 않게 입술을 뒤틀고는 먼저 얘기를 꺼냈다.

"지금부터는 더욱 큰 위험이 있으리라 생각됩니다. 같이 합류해도 되겠습니까?"

"합류?"

"네. 저희도 인원이 적습니다. 각하께서 받아주시면 저희도 합심해서 돕고 싶습니다."

곤의 말에 헬리온 백작의 얼굴이 한결 편해졌다. 곰과 같은 덩치를 가진 헬리온 백작이지만 눈치가 없지는 않았다. 아니, 오히려 누구보다 눈치가 빠르고 머리 회전이 좋았다.

그렇기에 그는 젊은 나이에 그 위치까지 오를 수가 있었던 것이다.

당연히 곤이 양보한 것을 그도 알고 있었다.

덕분에 헬리온 백작은 체면을 살릴 수가 있었다.

"우리도 손이 부족하네. 자네가 합류한다면 우리야 두 손 들고 환영하지."

"그렇게 생각해 주신다면 감사할 따름입니다."

"아, 그리고 유물에 관해서 말인데… 누가 가지든 반으로 나누기로 하는 것은 어떤가?"

이것은 헬리온 백작이 고마움의 뜻으로 얘기한 것이다. 비록 식인 언데드라는 함정에 빠져 능력 있는 상급 기사들을 잃었지만, 아직도 그는 자신들이 유물을 차지할 것이라 믿었다. 일단 자신이 건재하다. 투신이란 애칭은 장난으로 붙은 것이 아니었다.

특히 그는 일대일 대결에는 무척이나 강했다. 아리오크가 아닌 정면 대결을 즐기는 카시어스였다면 혼자서도 충분히 감당할 수 있었을 것이다.

하여 그는 고마움의 표시로 유물의 반을 내놓을 생각이다.

헬리온 백작이 이렇게까지 양보하자 곤도 고민할 수밖에 없었다.

"6 대 4가 맞을 것 같은데요."

"욕심이 많구만."

"천성입니다."

"알았네. 그럼 그렇게 하지."

"좋아, 그럼 오늘은 이곳에서 휴식을 취하고 내일 일찍 밑으로 내려가세."

"알겠습니다."

곤은 고개를 끄덕였다.

헬리온 백작은 곤의 어깨를 툭툭 치고는 수하들이 있는 곳으로 되돌아갔다. 생존한 그의 수하들은 표정이 좋지 못했다.

하긴 졸지에 혈육과 같은 동료들을 무더기로 잃은 판에 웃고 있는 것이 더 이상할 것이다.

곤과 용병들은 관중석 가장 높은 곳에 잠자리를 마련했다. 식인 언데드의 시체들이 광장에 산더미처럼 쌓여 있지만 다른 곳에서 휴식을 취할 수는 없었다. 카시어스의 말로는 이곳은 자신이 있던 데와는 완전히 동떨어진 지역이기 때문에 어떤 괴물이 사는지 알 수가 없다고 하였다. 막말로 아리오크가 취미로 키우던 괴물이 갑자기 튀어나올 수도 있었다.

아리오크의 정신 지배가 사라졌으니 금제에서 벗어난 괴물들이 지금쯤이면 서식지를 벗어나 다른 곳을 어슬렁거리며 돌아다닐 수도 있었다.

하여 시체 썩는 냄새가 진동하는 이곳에서 휴식을 취할 수밖에 없었다.

그것은 헬리온 백작 진영도 마찬가지였다. 두 진영은 약 50미터 거리를 두고 휴식을 취했다.

"우에에엑! 우에엑!"

시체 썩는 냄새가 심해서인지 올린과 캄렌이 버티지 못하고 토했다. 그들은 저녁도 먹지 못했다. 눈이 퀭하다. 금방이라도 쓰러질 것만 같다. 그들은 던전에 내려온 이후 무척이나 말랐다. 말을 안 해서 그렇지 이런 세상을 전혀 경험해 보지 못한 그들로서는 많이 참고 있는 것이었다.

올린과 캄렌의 고생을 본 폴리트 자작이 다가와 곤의 진영에 정화 마법을 걸어주었다. 순간 공기 중에 떠다니던 불순물이 모조리 사라지고 숲에 있는 것과 같은 상쾌한 공기가 감돌았다.

폴리트 자작은 대략 다섯 시간 동안 정화작용이 지속되니 그 안에 푹 쉬는 것이 좋다고 말하고선 제자리로 돌아갔다.

폴리트 자작 덕분에 곤 일행은 던전에서 내려온 이후 처음

으로 마음 편하게 잠을 청할 수가 있었다. 비록 시체 더미가
옆에 있다고 하더라도.

*   *   *

다음 날부터 강행군이 시작되었다. 다음 던전의 층은 혹한
의 추위가 있는 곳이었다. 투기장에서 갑작스럽게 변한, 그것
도 혹한의 추위가 있는 곳이라니.

생존자 전원이 마나를 사용할 줄 알지만 뼈를 파고드는 추
위는 막을 수가 없었다.

다행히도 헬리온 백작의 진영에서 털옷을 나눠 주었다. 게
론이 이건 어디서 났느냐고 한 기사에게 물었다. 기사는 마법
가방을 보여주면서 탐험에 필수라고 말했다. 더군다나 그들
은 죽은 동료들의 마법 가방까지 회수한 터였다. 물과 식량은
넘치도록 많았다.

어쩐지 꾸역꾸역 수십 킬로의 배낭을 짊어지고 있는 자신
들이 바보같이 느껴지는 게론이었다.

어쨌든 그들 덕분에 털옷을 얻어 입을 수가 있어 추위를 어
느 정도 막을 수가 있었다.

문제는 혹한 지역이 미치도록 넓다는 것.

카시어스에게 물으니 적어도 일주일 이상 걸어야 한다고

대답한다.

기가 찼다. 아무리 기하학적인 던전이라고 하더라도 일주일이나 걸어야 통과할 수 있다니.

혹한 지역. 그곳은 빙하와 바다로 이뤄진 가상의 공간이었다. 하지만 가상의 공간을 이토록 디테일하게 만들었다는 것 자체가 리치 킹이 얼마나 위대한 자였는지 엿볼 수 있는 단면이기도 했다.

차가운 바다에서 해양 몬스터가 갑자기 나타나 곤과 헬리온 백작의 일행을 습격하기도 했다.

하지만 이미 만반의 준비를 하고 있던 그들에게 해양 몬스터는 상대가 되지 못했다.

해양 몬스터와 추위를 빼면 큰 위험은 없었다.

혹한의 지역 끝에는 거대한 얼음 탑이 세워져 있었다. 아무래도 각 지역마다 다른 던전으로 들어가기 위해서는 마지막으로 탑을 통과해야 하는 듯했다.

다음으로 나타난 던전은 사막이었다. 곤과 일행은 곧바로 털옷을 벗어 마법 가방 안에 처박았다. 물은 빙하 지역에서 모두 보충했다. 마법 가방은 얼음을 그대로 보존해 주는 역할도 해주었기 때문에 내리쬐는 사막에서도 어렵지 않게 견딜 수가 있었다.

사막은 한번 물리면 해독할 시간도 없이 사망한다는 전갈이 가장 위험했다. 하지만 놈들은 야행성이었다. 폴리트 자작이 최장 다섯 시간까지 가는 마법을 걸어 곤 일행을 보호해 주었기에 그들은 안심하고 잠을 청할 수가 있었다.

종종 중급 몬스터인 샌드 스콜피온이 나타나기는 했지만, 역시 크게 위협이 되지는 않았다.

그리고 그들은 가장 위험한 던전 앞에 섰다.

"여기란 말이지?"

돌로 만들어진 석탑에서 지하로 내려가기 전 안드리안이 중얼거렸다. 어쩐지 아래로부터 후끈한 열기가 올라오는 듯했다.

그들이 내려가려는 곳.

최종 던전을 지키는 지옥사제 림몬이 있는 곳이다.

"정신 바짝 차려. 지옥사제 림몬은 아리오크나 나오는 차원이 다른 악마야."

카시어스가 곤과 용병들에게 주위를 주었다. 그녀도 긴장한 기색이 역력했다.

리치 킹을 보좌하는 사천왕.

흡혈왕 카시어스, 폭식가 아리오크, 사자마왕 데몬고르곤, 지옥사제 림몬.

개중에서 가장 강한 자를 말하면 열 중에 여덟은 사자마왕 데몬고르곤을 꼽을 것이다.

하지만 가장 무서운 자를 말하면 열 중에 열 모두 지옥사제 림몬을 주저 없이 선택한다.

혹자는 리치 킹이 대륙의 절반을 뚝 잘라 대학살로 몰아넣을 수 있던 것도 지옥사제 림몬의 계략이 밑받침됐기 때문이라고 말했다.

그만큼 위험한 자가 바로 지옥사제 림몬이었다.

"림몬이라고 했던가. 놈의 약점은?"

곤이 카시어스에게 물었다.

"약점? 림몬에게 약점이라고? 나도 알고 싶다. 그 악마 같은 놈에게 어떤 약점이 있나. 아, 놈은 악마지. 하여튼 여기서부터는 잘 생각해 봐. 정말로 내려갈 거야? 아무리 리치 킹의 유물이 좋다고 하지만 목숨보다는 소중할 수가 없다고."

카시어스가 곤을 말렸다.

곤은 씽과 안드리안, 용병들을 보았다. 그가 물었다.

"겁나나?"

"부단장님, 당연한 말씀을 하시는군요. 겁나게, 진짜 불알이 쪼그라들 정도로 미치도록 겁납니다. 그런데 말입니다."

용병들은 싱긋 웃었다.

"저희가 언제 지옥사제라는 놈을 만나보겠습니까. 저희가 언제 리치 킹의 유물을 노려보겠습니까. 이때가 아니면 기회는 영원히 없는 것 아닙니까."

"카시어스의 말을 못 들었나? 목숨보다 소중한 것은 없다고. 솔직히 말하지. 너희만 떨리는 것이 아니다. 나도… 떨린다."

곤은 용병들에게 손을 내밀었다. 온몸의 솜털이 하늘을 향해서 모조리 솟구쳤다. 그는 이곳에 도착하면서부터 등줄기에서 식은땀이 줄줄 흘러내리고 있었다.

카시어스의 말은 결단코 허튼소리가 아니었다.

이 밑의 최종 던전을 지키는 지옥사제 림몬은 결코 인간의 힘으로 이길 수 없는 자였다.

그럼에도 던전에 발을 내딛고 싶은 욕망은 무엇이란 말인가.

모험가로서, 탐험가로서, 그것도 아니면 뭔가를 뛰어넘고 싶은 사내의 본능일지도 모른다.

"헤헤, 부단장님이 저럴 정도면 말 다 했네."

에릭은 양손으로 뒷목을 받치며 말했다.

"우리 하나만 약속하자. 여기서 살아남은 사람은 다른 동료들의 가족들을 꼭 챙겨주기. 던전에서 얻는 돈이 엄청날 것 아니야. 어때?"

에릭이 말을 이었다.

"아하, 그거 좋네. 자, 약속이다. 어이, 막내."

게론이 레빗을 호출했다. 심각한 분위기 때문에 입을 다물고 있던 레빗이 퍼뜩 상념에서 깨어나며 대답했다.

"네? 왜?"

"자, 이것들 가지고 있어."

게론은 용병들의 유언장을 그녀에게 맡겼다.

"이게 뭐야?"

"뭐긴 유언장이지. 일단을 가지고 있어라. 만약 우리가 돌아오지 못하면 네가 꼭 고향으로 보내주고."

"이씨, 불길하게 왜 이런 걸 나한테 줘?"

"어쩔 수 없잖아. 누군가 한 명은 남아야 한다고."

"그럼 쟤 남겨. 사렌. 쟤가 나보다 어리잖아."

"레이디 앤 젠틀맨이다. 넌 나중에. 어쨌든 잘 부탁해. 혹시 우리가 살아 오면 뽀뽀라도 한 번씩 해주라."

게론은 레빗에게 한쪽 눈을 찡긋거렸다.

"아씨, 불길해서 싫어. 단장님, 부단장님, 저도 갈래요. 혼자 여기 남아 있기는 정말 싫다고요."

레빗의 말에 곤은 고개를 흔들었다.

"게론의 말이 맞다. 올린과 캄렌도 여기에 남아라. 여기까지 오느라 수고 많았다. 많은 도움이 됐다. 모두들 전투 준비해라."

곤은 확정적으로 말했다. 그들은 군장을 내려놓고 최소한의 물과 음식을 작은 주머니에 넣었다. 딱 이틀 치. 아껴서 먹는다고 하더라도 삼 일 이상은 버틸 수 없는 양이었다.

무장은 최대한으로 했다. 리토스 자작이 모아놓은 재물을 털어서 산 값비싼 방어구를 모두 착용하고 검을 들었다. 어렵게 구한 포션도 소중히 품에 넣었다. 비록 하급 포션이지만 결정적인 순간에 생명을 구할 수도 있는 귀중한 아이템이었다.

비록 하급 포션이라고 하더라도 상당한 고가이기에 용병들은 개인당 하나씩밖에 챙길 수 없었다.

헬리온 백작의 진영도 마찬가지였다. 그들도 마법 가방에서 방어구와 무기를 꺼내 완전무장을 갖췄다. 곧 진영과 다른 점이 있다면 그들은 음식물과 다른 잡다한 물건을 버릴 필요가 없다는 것이다. 마법 가방이라는 아주 좋은 아이템이 있으니까. 그들도 가장 어려 보이는 기사가 한 명 남았다. 스무 살이 넘지 않은 청년이었다.

나이는 18세, 이름은 칼리온. 헬리온 백작의 장남으로서 천재 검사로 각광받고 있는 청년이었다. 그런 대견한 장남이지만 마지막이 될 수 있는 지옥사제 림몬과의 전투까지 그를 데리고 가지는 못했다.

헬리온 백작은 '내가 돌아오지 않으면 네 어머니와 동생들을 잘 부탁한다'고 말했다. 상황을 알고 있는 칼리온은 주먹을 꽉 쥐며 묵묵히 고개를 끄덕였다.

"저희가 앞장서겠습니다."

곤이 헬리온 백작에게 말했다.

헬리온 백작은 고개를 끄덕였다.

곤과 씽이 가장 선두에 서서 넓은 지하 통로로 내려갔다. 지금까지 내려오던 지하 통로에서는 심한 곰팡이 냄새가 났다. 하지만 이곳에는 그런 것이 없었다.

통로 자체가 무척이나 메말랐다. 먼지가 푸석푸석했으며 벽면을 쩍쩍 갈라져 있었다.

밑으로 내려갈수록 열기가 심해졌다.

"덥군."

헬리온 백작은 이마에서 흐르는 땀을 장갑을 벗고 손등으로 닦았다. 다른 기사들도 마찬가지였다. 마법에 대한 내성을 가지고 있는 중장갑을 착용하고 있기에 체력이 빠르게 떨어졌다.

더군다나 통로의 온도는 점점 높아져만 갔다. 높은 온도는 기사들의 체력을 빠르게 갉아먹었다.

모든 일행이 지하 통로 끝에 도착했다. 통로의 끝에는 거대한 흑색 철문이 그들을 가로막고 있었다. 수많은 해골 위에 사신의 낫을 든 악마가 서 있는 문양이 그려진 철문이다.

문을 보는 것만으로도 섬뜩한 기운이 감돌았다.

"여기야. 지옥사제 림몬의 던전. 나는 여기까지야."

카시어스가 말했다.

"고맙군. 여기서 살아 나가게 되면… 네가 원하는 모험을 마음껏 하게 해주지."

"그 약속 지키라고."

고개를 끄덕인 곤은 용병들을 바라보았다. 모두의 두 눈동자에 의기가 충만하다.

"좋아, 가자."

곤은 양 손바닥을 철문에 대고 앞으로 밀었다. 철문이 소름 끼치는 소리를 내며 천천히 열렸다. 철문이 모두 열리자 안쪽에서 엄청난 열기가 그들을 맞이했다.

"으음."

용병들과 기사들은 자신도 모르게 신음을 흘렸다. 그들이 도착한 마지막 던전은 지옥의 밑바닥이었다. 그들의 시선 끝에는 붉은 돌을 쌓아 올린 거대한 석탑이 있다. 그리고 그 석탑으로 가는 길은 겨우 두세 명이 다닐 수 있을 정도로 좁았다. 그런 길이 다섯 개. 길 사이로는 용암이 부글부글 끓고 있었다.

쿠아아앙!

갑작스럽게 울리는 진동, 그리고 용암이 천장까지 솟구쳐 사방으로 튀었다. 놀랍게도 용암에 맞은 벽면은 붉게 타오를 뿐 무너지거나 녹아내리지 않았다.

수만 도를 웃도는 초고열의 용암. 한 방울이라도 인간의 몸에 튄다면 순식간에 녹아서 사라지고 말 것이다.

"포, 폴리트 자작님, 저거 환상이겠죠?"

숀프리먼이라는 청년 기사가 폴리트에게 물었다.

"아니, 보는 것 모두가 현실이다."

폴리트 자작은 고개를 흔들었다. 그는 철문에 들어섬과 동시에 트랩 파악 마법을 펼쳤다. 그러나 마법 트랩이 잡히지는 않았다. 즉 이곳에 펼쳐진 지옥과 같은 광경은 실제 상황인 것이다.

쿠아아아앙!

다시 한 번 용암이 치솟았다. 용암의 파편이 일행 수십 미터 앞에 떨어졌다. 용암의 파편은 치익 소리를 내며 녹아내렸다.

주먹 크기의 용암이 튀었을 뿐인데 그 열기는 상상을 초월했다. 가까이만 가도 몸이 녹아내릴 것만 같았다.

"모두 체온조절 마법을 걸어주겠다. 어이, 그쪽도 이리로 오시오."

폴리트 자작이 말했다. 세 명의 마법사 중 두 명이 식인 언데드에게 죽었다. 남은 마법사는 폴리트 자작뿐이다. 그가 수하들을 대신하여 궂은일을 도맡아 했다.

고개를 끄덕인 곤이 용병들을 데리고 헬리온 백작 진영과 합류했다.

폴리트 자작은 한꺼번에 체온조절 마법을 그들에게 걸어 주었다.

"오오오, 마법이란 대단한걸."

게론의 입에서 탄성이 터졌다. 다른 용병들도 마찬가지였다. 피부가 지글지글 익을 것만 같았다. 공기가 너무나 뜨거워 숨도 제대로 쉬기가 어려웠다.

한데 폴리트 자작의 마법으로 뜨거움이 싹 사라졌다.

마치 지금까지의 열기가 장난 같았다. 미친 열기가 모든 것을 뒤엎은 이곳에서 청량감마저 느껴졌다.

"마법의 제한 시간은 한 시간. 그 안에 림몬을 쓰러뜨리고 던전을 돌파하지 않으면 너희는 용암 앞에서 통구이가 되고 말 거다."

"한 시간? 한 시간이면 충분하지! 우리한테는 무적의 단장님과 부단장님, 씽과 식신들이 있다고!"

게론이 빙긋 웃으며 소리쳤다.

"그게 말이야, 아무래도 일이 쉽지 않을 것 같아."

불킨이 게론의 입을 막았다.

"뭐?"

게론이 고개를 갸웃거리며 불킨을 보았다.

"조용히 좀 해봐. 뭔가 나타나고 있잖아."

불킨, 퍼쉬, 체일. 세 명의 식신은 용병 중에서는 최강의 무력을 자랑한다. 아니, 그들은 이미 인간의 한계를 넘어섰다. 어중간한 기사는 한입거리도 되지 않았다.

더군다나 식신들은 어떤 수련을 쌓는지 몰라도 점점 강해지고 있었다.

하여 용병들은 그들과 친하기는 하지만 알 수 없는 위화감을 느끼고 있었다. 뭐랄까. 묘한 벽이 있다고나 해야 할까.

그런 식신들이 몸을 덜덜 떨고 있다. 어떤 상황에서도 눈하나 꿈쩍하지 않던 그들이. 체온조절 마법이 걸린 상태에서도 땀을 흘렸다. 아마도 식신들이 흘리는 것은 식은땀이겠지.

"도대체……."

게론은 고개를 들어 붉은 석탑 쪽을 바라봤다. 그쪽을 바라본 순간 게론은 자신도 모르게 한 발 뒤로 물러나고 말았다. 그의 애검인 식인검 게리온이 갑작스럽게 울부짖었다. 당장에라도 게론의 의지와는 상관없이 튀어나갈 것처럼 보였다.

게론의 시선이 머문 곳,

곤과 헬리온 백작의 시선이 머문 곳,

그곳에는 후드를 뒤집어쓴 거구의 스켈리톤이 서 있었다. 후드가 온몸을 가리고 있어 뼈는 얼굴밖에 보이지 않았다. 그렇지만 스켈리톤이 내뱉는 안광은 어마어마한 힘을 간직하고 있었다.

그가 들고 있는 스태프는 무척이나 기이했다. 세 마리의 뱀이 꽈리를 틀고 있는 모습이고, 뱀의 머리끝에는 파란색 보석이 허공에 둥둥 떠 있다.

평범한 스켈리톤이 아니다.

놈에게서 나오는 무지막지한 사기는 곤과 헬리온 백작 일행의 어깨를 짓눌렀다. 숨이 턱턱 막힌다.

드디어 거구의 스켈리톤의 음성이 모두의 귓속에 박혀왔다.

─나는 지옥사제 림몬. 침입자들이여, 지옥에 온 것을 환영한다!

Chapter 9. 유적의 비밀

쿠쿠쿠쿠쿠쿵!

연달아 터지는 최상위급 마법. 닿기만 해도 소멸, 혹은 증발하고 만다. 그만큼 지옥사제 림몬이 쏘아대는 공격은 엄청났다.

그럼에도 던전의 벽면은 상처 하나 입지 않았다. 무엇으로 만들어졌는지 모르지만 용암이 정면으로 때려도 꿈쩍도 하지 않을 정도이니 엄청난 경도로 이뤄진 암석이라는 것만 짐작을 할 뿐이다.

드워프 칸툰이 눈이 뒤집혀 '신대륙을 발견했다'고 외쳤다.

"칸툰, 당장 뒤로 물러나라! 진영에서 벗어나지 마!"

드워프 칸툰은 헬리온 백작에게 한마디를 듣고서야 입이 삐죽 나와서 뒤로 물러났다.

퍼퍼퍼퍼퍼펑!

곤의 머리 위에서 불덩이가 폭발하며 사방으로 낙하했다. 하나하나가 엄청난 위력을 가진 불덩이였다.

"머리 숙여!"

곤이 외쳤다. 그는 재빨리 부적 한 장을 꺼내 허공으로 던졌다.

"재앙술 3식, 스켈리톤 월!"

순간 바닥에서 수천 개의 뼈가 솟구쳐 나와 장벽을 형성했다. 하늘에서 빗줄기처럼 떨어지던 화염 덩어리가 스켈리톤과 부딪치며 폭발했다.

"대단한 방어술! 잘했어요. 이번엔 나!"

엘프 시아가 드워프 칸툰의 등을 밟고 허공으로 뛰어올랐다. 그녀는 롱보우에 세 발의 화살을 걸어 림몬에게 발사했다. 날아가던 화살 모양이 갑자기 변했다. 하나는 거대한 새가, 하나는 사자가, 하나는 고릴라가 되어 지옥사제 림몬을 덮쳤다.

"엘프들의 비전, 생명수의 부활! 비록 재생 시간은 짧지만 그 결과는 효과 만점!"

시아는 의기양양해 외쳤다. 비록 다수를 상대로 그녀의 기술은 그리 튀지 않지만, 강력한 일인을 상대로는 상당한 위력을 발휘하는 기술이었다.

하지만,

─세 번째 전설 반지 아루크. 모든 것을 제자리로.

지옥사제 림몬이 손을 내밀며 주문을 외웠다. 그 순간, 림몬의 코앞까지 다가갔던 새와 사자, 고릴라가 모두 펑 소리를 내며 사라졌다. 남은 것은 힘없이 바닥에 떨어진 세 발의 화살뿐이었다.

"마, 말도 안 돼. 일단 발동된 비전 술법을 제자리로 돌려놓는다고? 믿을 수가 없어."

엘프 시아는 기가 막힌다는 표정으로 아무런 표정이 없는 지옥사제 림몬을 바라보았다. 얼굴 자체가 해골로 되어 있는 림몬의 표정은 도저히 알 수가 없었다.

─내 차례인가. 헬 파이어.

림몬이 스태프를 들었다. 강대한 흑마력이 스태프에 집중된다. 뜨거운 던전 안에 열기가 그의 스태프로 빨려들어 가는 듯 착각을 일으킬 정도였다.

"뭐? 헬 파이어? 대인 최강의 마법인 헬 파이어를 이런 좁은 곳에서 쓴다고?"

가장 놀란 것은 폴리트 자작이었다. 다른 사람들은 마법에 대해서 잘 모른다. 안다고 하면 엘프 정도였다. 하지만 폴리트 자작처럼 잘 알지는 못했다.

헬 파이어는 대인 폭살 마법. 화력 반경은 3미터 정도밖에 되지 않지만, 그 안에 존재하는 어떤 생명체도 말살을 면치 못한다. 아니, 대륙에서 존재하는 그 어떤 존재도 분자 단위로 해체할 수가 있었다.

설사 대륙 최강의 종족이라는 드래곤도 헬 파이어를 정통으로 맞고는 살아날 수가 없었다.

비록 던전이 엄청나게 넓다고는 하지만 헬 파이어란 공격 마법을 견딜 수 있는 수준은 아니었다.

어쩌면 림몬은 던전을 이루고 있는 알 수 없는 암석들의 경도를 믿는 것일 수도 있었다.

하지만 폴리트 자작도, 마법과 정령에 대한 재능이 뛰어난 엘프 시아도 본 적이 없는, 생각도 못 해본 대인 최강의 마법 헬 파이어라니……

모두가 경악했다.

헬 파이어가 지옥사제 림몬의 스태프에서 발사되려는 순간,

푸식—

검이 폴리트 자작의 심장을 뚫고 튀어나왔다.

"크헉."

폴리트 자작은 심장을 뚫고 나온 검날을 양손으로 잡았다. 생명력이 날아가는 새처럼 쏜살같이 빠져나가고 있었다. 그럼에도 그는 천천히 고개를 돌렸다.

도대체 누가?

의문이 죽음 앞에서도 꺼지지 않았다.

폴리트 자작이 바라본 곳.

그곳에는 차원 왜곡의 결계를 깨뜨리기 위해서 거액을 주고 합류시킨 술법사들이 있었다.

과거에 무슨 짓을 저질렀는지 결코 복면을 벗지 않는 자들. 유로, 샤우, 갈리라고 했던가. 어차피 저들의 이름이 본명이라고 생각하는 사람은 단 한 명도 없었다.

위험한 냄새가 물씬 풍기는 늑대와 같은 자들이다.

그런 위험한 자들을 고용한 이유는 단 하나였다. 리치 킹의 유적에 있는 차원 왜곡을 풀어달라는 것.

하지만 그런 그들이 왜 갑자기 자신을 찔렀을까. 도저히 이해가 가지 않았다.

헬리온 백작도, 다른 동료들도 마찬가지였다.

털썩!

폴리트 자작은 무릎을 꿇고 앞으로 고꾸라졌다. 그리고 두 눈을 뜬 채 절명하고 말았다.

"이, 이게 무슨 짓이냐!"

헬리온 백작은 대노했다. 그는 또 다른 친우를 잃었다. 둘 모두 눈앞에서. 도저히 분노를 참을 수가 없었다. 그의 소울 브레이크가 지옥사제 림몬이 아닌 세 명의 사내에게로 향했다.

세 명의 사내. 그중에서 가장 가운데 있는 사내가 복면을 벗었다. 그러자 나머지 사내들도 복면을 벗고 개운하다는 듯이 크게 기지개를 켰다.

용암의 건너편에 무지막지한 괴물이 있음에도 그들은 전혀 겁을 먹거나 두려워하는 표정이 아니었다.

"오크?"

헬리온 백작이 멈칫거렸다. 설마 저 세 명이 오크일 줄은 상상도 하지 못했기 때문이다.

헬리온 백작의 진영 누구도 마찬가지였다. 모두가 놀라서 입을 벌리고 있을 때, 그들을 알아본 사람은 따로 있었다. 바로 용병들.

"저, 저, 저 자식들은……."

볼튼의 심복.

게우스, 누르크, 샤우트.

12용자라 불리는 최악의 볼튼 친위대였다.

"너, 너희들이 왜 여기에?"

게론의 목소리가 조금씩 떨려왔다. 용병들이 아무리 강해졌다고 하더라도 볼튼의 친위대와는 차이가 컸다. 그들은 개개인의 무력이 이미 한계를 돌파했다.

한마디로 괴물들의 집합소.

이곳에서 저 오크를 상대할 수 있는 자는 몇 되지 않았다.

"우리가 왜 이곳에 있을 것 같나?"

게우스가 어깨를 으쓱거렸다. 그사이 누르크와 샤우트가 양옆으로 갈라지며 가까이 있는 기사들을 붙잡았다. 놀랍게도 폴리트 자작의 죽음을 목격한 기사들이기에 미리 준비하고 있었지만 오크들의 마수는 피하지 못했다. 그들은 기사들의 오러가 담긴 검을 너무도 쉽게 피한 후 양손으로 그들을 잡고 반으로 찢어 죽였다.

후드드득!

기사들이 두 조각 나 내장과 피를 바닥에 쏟아냈다.

누르크와 샤우트는 계속해서 움직였다. 누르크는 헬리온 백작과 부딪쳤고, 샤우트는 세 명의 식신이 막아섰다.

게우스는 천천히 고개를 돌렸다. 그의 시선이 곤에게서 멈췄다.

곤도 게우스를 물끄러미 바라보고 있었다. 언제나 냉철하고 무덤덤한 곤의 눈빛이 서서히 바뀌기 시작했다.

그의 눈빛이 불꽃처럼 활활 타오르기 시작한 것이다.

그의 눈빛이 뜻하는 바는 결론적으로 하나였다.

살의(殺意).

적의(敵意).

분노, 증오.

온갖 부정적인 감정이 곤의 마음에서 휘몰아쳤다.

"너희들!"

곤이 게우스를 향해 소리쳤다.

"그래, 우리. 너와 우리는 한 태양 아래서 살 수 없는 몸이 잖아? 그래서 너를 직접 처리하기 위해서 우리가 왔어."

"죽여 버릴 테다!"

곤은 끌어모을 수 있는 마력을 전부 모았다. 놈들의 사지를 찢고 뚫린 입으로 어떤 변명을 할지 들어보고 싶었다. 그리고 십 년이고 백 년이고 죽지도 살지도 못하게 만들 것이다.

코일코에게 평생 사죄하면서 살아가라고.

"그건 우리가 할 소리야."

게우스는 품에서 스크롤 한 장을 꺼냈다. 겉으로 보기에는 어떤 위화감도 느껴지지 않는 평범한 스크롤이었다.

무척이나 평범한 스크롤이지만······.

"뒈져라, 곤. 저 괴물과 함께."

게우스가 스크롤을 찢었다. 동시에 곤과 지옥사제 림몬의 몸이 강대한 빛에 휩싸였다.

　　　　＊　　　　＊　　　　＊

　레빗과 올린, 캄렌은 석탑 안에 자리 잡고 앉아 있었다. 바닥에는 먼지가 수북하게 쌓여 있지만, 며칠간 던전에서 생활하다 보니 이런 먼지쯤은 상관하지 않는 그들이다. 그들과 조금 떨어진 곳에 헬리온 백작의 장남 칼리온이 서 있다.

　레빗은 우두커니 서 있는 칼리온이 안쓰러워 이리 와서 같이 있자고 말하려 했다.

　하지만 칼리온은 마법 가방에서 돗자리를 꺼내 바닥에 깔았다. 마법 가방에는 여행에 필요한 모든 물건이 들어 있는 모양이다.

　뜨거운 수프와 갓 구운 듯한 빵이 이어 나왔다.

　칼리온은 힐끗 레빗과 올린, 캄렌을 쳐다봤다. 그러고는 아무렇지도 않게 김이 모락모락 나는 빵을 뜯어서 입안에 넣었다.

　꼬로로록.

　칼리온이 식사를 하자 레빗과 올린, 캄렌의 위장에서 밥 달라는 신호를 보냈다. 자신도 모르게 침이 꼴깍 넘어간다. 그들이 가진 음식은 맛이라고는 하나도 없는 육포뿐이었다.

　던전에 내려오고 난 후 따뜻한 음식물을 먹어본 적이 없었다.

어쩐지 칼리온이 얄미운 그들이다.

반쯤 음식을 먹고 난 후에야 칼리온은 레빗을 바라봤다. 그
러고는 그는 빵을 들고 있는 손을 내밀었다.

"줄까? 잘 익은 맛있는 빵."

"이게 누굴 놀려!"

레빗이 벌떡 일어났다. 자신을 놀리는 것 같아 화가 났다.
그녀는 칼리온에게 저벅저벅 걸어갔다. 담이 작은 올린과 캄
렌이 조마조마한 눈으로 레빗을 바라봤다.

레빗은 칼리온 옆에 털썩 앉았다. 그러고는 그의 손에 들린
빵을 잡고 말했다.

"고마워. 너 의리가 있구나? 잘 먹을게."

빠직.

올린과 캄렌은 뭔가에 속은 것 같은 기분이 들었다.

레빗과 올린, 캄렌은 칼리온 덕분에 간만에 포식할 수가 있
었다. 그의 마법 가방에는 족히 한 달은 먹을 수 있는 음식이
담겨 있었다. 여행에 필요한 음식만 있는 것이 아니었다. 온
갖 종류의 바비큐와 싱싱한 과일과 야채, 빵이 가득했다.

"우와, 진짜 마법 가방이 좋긴 좋구나. 그거 얼마나 해?"

칼리온이 음식을 나눠 줘서인지 아니면 비슷한 연배라서
그런지는 몰라도 그들은 꽤나 빨리 친해졌다.

무뚝뚝하게 보이던 칼리온도 마음의 장벽이 사라지자 말을 곧잘 했다.

"당신은 못 살 거야."

"이게! 이래 보여도 기사라고! 왜 이래?"

"용병이 아니고?"

"아차차, 지금은 용병이지."

레빗은 뒷머리를 긁적거렸다. 차마 용병 중에서 막내라고는 자신의 입으로 말을 할 수가 없었다.

"용병 중에서 막내죠."

젠장.

레빗은 고은 미간을 좁혔다. 입이 무거울 줄 알았던 캄렌이 입 싸게 그것을 말할 줄이야.

"기사들이 가지고 있는 마법 가방은 대략 100골드쯤 할 거야."

"배, 백 골드?"

입이 떡 벌어지게 비싸다.

"그리고 이건 아버지가 선물로 주신 건데… 모르긴 해도 200골드쯤 할 거야. 기사들의 마법 가방보다 훨씬 용량이 크거든."

머리가 어질어질하다. 200골드라니. 레빗은 한평생 만져 본 적이 없는 거금이다. 물론 그녀가 가지고 있던 여덟 자루의 마법검이라면 개당 1,000골드는 호가할 것이다.

그러나 물욕에 대한 관심이 그다지 없던 그녀는 과감하게, 미련 없이 용병들에게 나눠 주었다. 내기 상품이기는 했지만.

어쩐지 한 자루 정도는 남겨둘까 후회도 되었다. 레빗은 곧바로 고개를 흔들었다. 그녀도 세상에 대한 이치는 안다. 마법검은 강자만이 가질 수 있는 귀중한 아이템이다. 만약 그녀가 여덟 자루나 되는 마법검을 가지고 있다는 소문이 영지에 퍼졌다면 지금쯤 그녀는 강물 어딘가에서 시체가 되어 둥둥 떠다니고 있을 것이다.

지금은 차라리 없는 편이 나았다.

물론 자신도 언젠가 마법검을 가질 수 있다는 꿈은 버리지 않았다.

"하아, 그나저나 최후의 던전으로 내려간 사람들은 잘 있나 모르겠네."

레빗이 길게 한숨을 내쉬며 말했다. 그들이 지하로 내려간 지 나흘이 지났다. 벌써 나흘. 물론 던전마다 크기가 다르기 때문에, 혹은 복잡하게 미로처럼 얽혀 있기 때문에 훨씬 더 시간이 걸릴 수도 있었다.

하지만 카시어스가 있는 이상 그렇게 오래 걸리지는 않을 것이다.

그럼에도 아직 아무에게도 연락이 없었다.

"잘 있겠지."

칼리온이 짧게 대답했다.

"넌 아버진데 걱정되지도 않아?"

레빗이 칼리온을 바라보며 물었다.

"걱정되지."

"걱정하는 표정이 아닌데?"

"나는 장남이니까. 아버지가 없으면 아버지를 대신하도록 훈련을 받았거든. 그래서 나는 감정을 잘 드러내지 못해."

"흐미, 역시 대가문의 고루한 가법. 그래도 그렇게 감정이 없어 보이지는 않는걸."

"그러게. 이런 모험은 처음이라서 그런가? 조금 들뜨기도 하고, 무섭기도 하고, 재밌기도 하고, 하여튼 그래. 내가 너무 말이 많았나?"

칼리온은 어깨를 으쓱거린 후 레빗을 바라봤다. 헬리온 백작의 아들답게 어깨가 딱 벌어졌다. 신장도 190에 달한다. 하지만 아직 얼굴에 여드름이 남아 있어 앳된 기색이 남아 있었다.

청년이지만 아직은 어린아이다. 그런 어린아이를 보고⋯⋯.

레빗은 얼굴이 화끈거렸다. 그녀는 급히 고개를 돌렸다.

"왜? 내 얼굴에 뭐라도 묻었어?"

칼리온이 볼을 붉적이며 물었다.

"아니. 흠흠, 하여튼 무사히 돌아와야 할 텐데."

"돌아올 거야. 우리 아버지는 강하거든. 한 번도 자신이 내뱉은 말을 지키지 못한 적이 없어. 아버지는 나한테 꼭 돌아온다고 했어."

"그래, 헬리온 백작 각하는 강하지. 괜히 투신이라는 말이 붙은 것은 아닐 테니까. 그리고……."

레빗은 고개를 돌려 지하로 향하는 계단을 바라보았다.

"곤도 강하지. 그러니까 우리 모두 그들이 무사하게 돌아오기를 바라자고."

*　　　*　　　*

곤은 주위를 돌아보았다.

회색 세상이다. 희뿌연 안개가 무릎 밑으로 낮게 깔려 있고 바닥은 푸석푸석한 검은 흙이 가득했다. 한 발자국만 움직여도 검은 흙이 사방으로 먼지가 되어 흩어졌다.

하늘은 어둡지만 그렇다고 보이지 않는 것은 아니었다. 먼 발치로 산으로 보이는 봉우리들이 그를, 아니, 그들을 에워싸고 있었다.

곤의 눈앞에는 강대한 요기를 내뿜고 있는 지옥사제 림몬이 그를 바라보고 있다.

게우스에 대한 살기는 누그러졌다. 대신 흥분하여 놈의 술책을 눈치채지 못한 자신이 바보 같았다. 냉정을 유지했다면 이토록 허무하게 놈의 함정에 빠지지는 않았을 텐데.

그건 아닌가?

지옥사제 림몬도 당한 것을 보면.

"이게 어떻게 된 일이지? 당신은 아나?"

곤이 림몬에게 물었다.

—·········.

림몬은 대답하지 않았다. 해골로 된 얼굴이라 무엇을 생각하는지 도통 짐작할 수가 없었다.

림몬의 손가락이 까닥거렸다. 그의 손가락마다 반지가 하나씩 끼워져 있었다. 뼈밖에 없는 손가락인데도 반지는 흘러내리거나 빠지지 않았다.

아마도 각각의 반지에는 고유의 마법이 영구적으로 새겨져 있을 것이다.

—여섯 번째 전설 반지, 아테나. 진실의 목소리.

림몬이 사막과 같은 건조한 목소리로 말했다. 그러나 림몬의 해골 입이 움직이거나 하지는 않았다. 메아리처럼 그의 목소리가 사방에서 울렸다.

무척이나 특이하고 귀에 거슬리는 음색이었다.

―이곳은 차원과 차원의 틈바구니군.

"그게 무슨 소리지?"

―말 그대로다. 위대하신 리치 킹께서 쳐 놓은 차원의 결계를… 놈이 비틀었군. 하여 우리만 차원의 틈바구니에 갇히게 된 것이다.

"놈? 게우스를 말하는 것인가?"

―그런가? 놈은 지금 게우스란 이름으로 살아가고 있나 보군.

"뭐야? 아는 사이처럼 들리는데."

―아는 사이는 아니지. 하지만 나는 그를 알고 있지. 아마 인간 너도 알고는 있을 것이다.

"무슨 말인지 모르겠어."

―이 여섯 번째 전설 반지 아테나는 현실을 거짓된 왜곡 없이 그대로 투영해 주지. 놈은 다섯 하이랜더 중 한 명인 하이켄블루다.

"하이켄블루?"

곤도 제국의 최강자들이 누군지 들어서는 알고 있었다. 그중에서 다섯 하이랜더라는 말도 분명히 들었다. 하지만 다섯 하이랜더를 가리키는 개개인은 누군지 알지 못했다.

"그게 누구지? 설명을 해줄 수 있겠나?"

지옥사제 림몬은 조금 당황하는 듯했다. 표정으로는 알 수 없으나 강렬하게 빛나는 눈빛이 작게 사그라졌다가 다시 크게 커지는 것으로 보아 그렇게 느낀 것이다.

─인간, 조금은 뻔뻔하군.

"서로 죽여야 하는 사이지만 그래도 궁금하잖아. 나와 당신을 차원의 틈새에 처박은 놈이 어떤 자식인지. 나는 이제껏 놈을 오크 용자로만 알고 있었다고."

─그런가? 하이켄블루는…….

본래 하이랜더는 중앙대륙 출신이 아니다. 전해지는 소문으로는 추운 북대륙 출신이라고 한다. 곤은 북대륙 출신의 사람을 딱 한 번 본 적이 있었다. 그의 목숨을 구해준 기이한 소년. 돌돌이란 무시무시한 키메라를 애완용으로 키우는 소년이었다.

무척이나 괴팍하여 곤에게 깊은 인상을 남겼다.

어쨌든 다섯 하이랜더는 추운 북쪽 대륙 출신이라는 것이 대다수 학계의 예상이었다. 그들의 특징은 창백한 피부, 파란색 눈동자, 검은 머리카락, 이 미터에 가까운 거대한 신장이다.

영원히 살 수 있다고 알려진 하이랜더.

누군가는 신의 축복이라고 하고, 누군가는 악마의 저주라고도 한다. 하지만 하이랜더의 생활은 밖으로 거의 노출된 적이 없었다.

그런 하이랜더가 밖으로 알려진 것은 이천 년 전의 사건 때문이었다.

어스 아일랜드의 불꽃.

어스 아일랜드의 불꽃은 그들이 살던 고향이 초토화되어 아무도 살아남지 못한 사건이다. 어스 아일랜드의 불꽃은 모든 대륙의 사람들이 보았다고 전해진다. 하늘을 뚫고 끝없이 상공으로 솟구쳐 오르는 불기둥은 신의 형벌이라고도 했다.

그곳에서 살아남은 하이랜더가 겨우 다섯 명.

그들이 대륙에서 가장 유명한 다섯 하이랜더였다.

다섯 하이랜더 중 한 명인 창공의 베르렌이 말했다.

'하이랜더의 전쟁은… 누군가 다른 하이랜더를 죽이면 그 힘을 흡수할 수 있게 된다는 것을 알게 된 이후에 생겼다. 다른 하이랜더를 죽이면 힘과 능력은 두 배가 된다. 죽이면 죽일수록 강해진다. 아마도 그것은 악마의 형벌. 우리 일족의 씨를 말리려는 수작이겠지. 대부분의 사람들은 절대로 우리끼리 죽이면 안 된다고 말했어. 당연하잖아. 우리의 수명은 무한하지만 그렇다고 죽지 않는 것은 아니야. 목이 잘리면 죽거든. 하지만 모든 하이랜더가 같은 마음은 아니었지. 몇몇 하이랜더는 강해지기를 원했지. 어스 아일랜드 같은 촌구석에 박혀 사는 것이 아니라, 세상에 나가 인간들을 지배하기를 원했어. 왜냐고? 그들은 자신의 강함을 증명하고 싶었어. 그래서 그들은 동족들을 살해하기 시작했지. 그들이 누구냐고? 명심해 둬. 그들의 이름을 듣는 순간 당신들은 평생 죽을 때까지 그들을 피해서 도망쳐야 할 거야. 그들의 이름은… 슈팅포마, 비젠로켄, 하이켄블루. 그들이야말로 하이랜더 일족을 멸망으로 이끈 존재들이지. 명심해. 그들은 언제나 당신 곁에 있을 테니까.'

다섯 하이랜더 중에 가장 정체가 드러나지 않은 인물, 그가 바로 하이켄블루였다.

세상을 혼란에 빠뜨리기 위해서 존재하지만 누구도 그의 정체를 몰랐다.

그런 그가 볼튼을 위해서 일하고, 곤을 죽이기 위해서 이곳까지 쫓아왔다니 놀라울 따름이었다.

"친절하군. 지옥사제 림몬이라는 이름에 걸맞지 않게. 왜 나한테 그런 얘기를 다 해주는 거지?"

—어차피…….

"어차피 뭐?"

—둘 중에 하나밖에 여기서 나갈 수 없기 때문이지. 수백 년 만에 나타난 모험가이기에 조금 놀아본 것뿐 그 이상도 이하도 아니다.

"아하, 그러세요."

─하여 여기서 죽어라.

"널 죽이면 이곳에서 빠져나갈 수 있나?"

─아니.

"그럼 뭐야?"

─나만 이곳에서 빠져나갈 수 있다. 너는 나를 쓰러뜨린다
고 해도 이곳에서 영원히 빠져나가지 못해. 하이랜더 하이켄
블루는 너를 무척이나 싫어하나 보군.

"불공평하잖아."

─불만은 그에게 토하도록.

지옥사제 림몬이 스태프를 들었다. 스태프 끝자락의 허공
에 둥둥 떠 있는 보석이 푸른색 빛을 발했다.

─이곳이라면 마음껏 스킬을 펼칠 수 있지. 나와라, 지옥마
수.

순간 곤의 주위에서 검은색 흙바닥이 양옆으로 갈라지며
수많은 마수들이 튀어나오기 시작했다. 마수들의 모습은 기
괴하다 못해서 역겨웠다. 벗은 여인의 상체를 하고 있지만 하
체는 악어, 인간의 각기 다른 얼굴을 네 개나 가진 말의 육체
를 가진 마수, 아기 울음소리를 내지만 세 개의 머리를 가진
고양이 등등.

각 개체가 엄청난 위압감을 내뿜었다. 육상 최강의 몬스터라
는 오거와도 비교가 되지 않는다. 놈들은 말 그대로 마수였다.

―이곳에서 잠들라, 인간!

"웃기는군. 너의 오만, 내가 잠재워 주지. 나와라, 자이언트 스켈리톤!"

곤은 세 장의 부적을 허공에 뿌렸다. 각각이 재앙술 5식에 해당하는 상급 술법이다. 곤의 앞에서 바닥을 뚫고 수십 마리의 스켈리톤이 모습을 드러냈다. 그것들이 합쳐진다. 뼈와 뼈마디가 자연스럽게 연결되며 신장 10미터에 달하는 초대형 스켈리톤이 되었다.

거기서 끝난 것이 아니었다. 곤에 술법에 의해서 마법 내성과 물리력 내성, 고속 재생이 가능하게 된, 전투력만 따지면 진뱀파이어를 능가하는 최강의 언데드였다.

곤은 샤먼.

부적이 없었다면 재앙술 5식을 한꺼번에 사용하지 못한다. 하지만 지금은 리치 킹의 유물을 차지하기 위해 만반의 준비를 해왔다. 하여 아직 부적은 많이 남아 있었다. 그 부적이 모두 떨어지기 전에 지옥사제 림몬을 쓰러뜨릴 자신이 곤에게는 있었다.

쿠오오오오!

쿠아아아앙!

지옥마수들과 자이언트 스켈리톤이 서로의 목줄을 끊기 위해 빠르게 접근했다.

*   *   *

"크으으윽!"

독식신들이 나가떨어졌다.

불킨과 퍼쉬의 타격이 심했다. 그들은 놈들에게 잡혀 팔이 그대로 뜯겼다. 서 있는 채로, 혹은 산 채로.

신음을 흘린 불킨과 퍼쉬는 뒤로 물러났다. 그들의 뜯긴 팔에서 퍼런 근육이 쑥 튀어나오더니 재생을 시작했다.

"호!"

그들의 팔을 뜯은 것은 누르크와 샤우트였다.

게우스는 곧바로 뜯겨진 팔을 재생하는 불킨과 퍼쉬를 보며 입을 동그랗게 오므려 감탄사를 내뱉었다.

"도마뱀도 아니고 이토록 빨리 재생하는 인간이라니… 이제껏 본 적이 없는데 특이하군. 잡아서 연구해 보고 싶어."

"연구는 내가 대신해 주지."

재생을 하고 있는 불킨과 퍼쉬 사이에서 거구의 체일이 튀어나왔다. 그는 버디쉬를 위에서 아래로 강하게 후려쳤다.

"참쇄!"

내기를 모아 충격파를 일으키는 불킨의 공격 기술, 거기에 더해서 참쇄에 휘말린 상대가 약간이라도 상처를 입는다면 중독되어 제대로 치료를 해볼 시간도 없이 녹아내린다.

쿠쿠쿵!

누르크와 샤우트 사이로 정확하게 버디쉬가 떨어졌다. 강렬한 폭발이 일어나며 충격파가 누르크와 샤우트를 휘감았다.

체일이 미간을 찡그렸다. 그의 얼굴 근육이 고목나무처럼 딱딱하게 굳었다.

체일의 눈동자는 폭발의 화염 속에 있는 누르크와 샤우트에서 떨어지지 않았다. 조금도 움직이지 않고 있는 누르크와 샤우트.

놈들은 체력이 조금도 떨어지지 않는다. 중독이 되었다면 어떤 상대도 서 있을 수는 없을 것이다. 놈들은 중독되지 않았다는 말이다.

하지만 그럴 수가 있단 말인가.

체일의 버디쉬는 두꺼운 강철판도 뚫는다. 바꿔 말하면 놈들의 피부가 강철보다도 강한 방어력을 지니고 있다는 소리다.

믿을 수가 없다. 마스터인 곤도 술법을 쓰지 않고는 그들의 일격을 몸으로 막아낼 수가 없는데…….

"겨우 이건가. 놀랍군, 놀라워. 겨우 이 정도의 실력으로 지존의 손아귀에서 벗어날 수가 있었다니."

누르크가 한 손을 휘둘렀다. 그의 몸을 감싸고 있던 불길이 한순간에 사라졌다.

"식신들만 있는 것이 아니라고!"

용병들이 각자 가진 마법검으로 오크들을 공격했다. 오크들은 조금도 물러서지 않았다. 스태프를 가진 게우스가 앞으로 나오며 주문을 외웠다.

"속박!"

갑자기, 아니, 느닷없다는 말이 옳을 것이다. 아무것도 보이지 않는 허공에서 무엇인가가 튀어나와 용병들의 사지를 잡아챘다. 오크들을 향해서 공격하던 용병들의 움직임이 일순간에 멈췄다.

목, 팔목, 발목, 허벅지 등에 무엇인가가 잔뜩 들러붙어 있다.

"크흑, 땅의 정령들이다."

게론이 비명처럼 내뱉었다. 그러고 보니 그들은 정령을 볼 수만 있지 상대하는 법을 모른다. 지금껏 펑펑을 보며 신기해하기만 했지 제대로 된 대화도 나눠보지 못했다. 만져 보지도 못했다.

조금이라도 펑펑과 친해졌다면 이토록 허무하게 땅의 정령들에게 붙잡히는 일은 없었을 것이다.

하지만 모두가 정령들에게 힘을 쓰지 못하는 것은 아니었다.

푸캉!

안드리안과 씽은 정령들을 뿌리치고 오크들을 향해 일직선으로 날듯이 달려갔다. 엄청난 속도. 약간은 놀란 누르크와 샤우트가 한 발씩 뒤로 물러나며 그들을 맞이했다.

쿠쿠쿠쿵!

서로의 전투도끼와 손톱, 대검이 부딪치며 사방으로 불꽃이 튀었다.

놀란 것은 헬리온 백작의 진영도 마찬가지였다. 아니, 이제는 진영이라고 할 것도 없었다. 살아남은 자는 겨우 세 명뿐이었다.

드워프 칸툰과 엘프 시아, 그리고 헬리온 백작. 그는 친구들과 기사들을 모두 잃었다.

참담했다.

"도대체 저자들의 정체가 뭐야?"

드워프 칸툰이 헛바람을 들이켰다. 불킨, 퍼쉬, 체일이라는 용병들. 확실히 말해서 저들은 인간이 아니었다. 저들에게 느껴지는 이상한 위화감이 바로 이것이었던 모양이다.

하지만 재생이라니. 인간은 자신의 능력으로 재생하지 못한다.

설사 상급 프리스트가 있더라도 마찬가지였다. 그들이 신의 권능을 빌려와 상처를 치료하는 것이 아니라면 저처럼 완전히 새로운 육체를 생성할 수 없었다.

"뭐긴 특별한 능력을 가진 용병들이지. 저 사람들 말고도 다른 용병들 또한 만만치 않잖아?"

엘프 시아가 퉁명스럽게 대답했다.

"그래도……."

"그래도는 무슨, 21 다크 나이트 아리아 알지?"

"그자를 모르는 사람도 있나? 대륙 최강의 3대 용병단 중 하나를 이끄는 자 아니야."

"맞아. 우연히 그녀가 이끄는 용병단과 함께 일한 적이 있는데 저렇게 괴이한 인간들이 무더기로 있었다고. 그러니까 결코 저들이 이상한 것은 아니야."

"도대체 그것과 저들과 무슨 상관인데?"

"그냥 그렇다는 거지."

"쓸데없는 유치한 말들을 삼가라."

헬리온 백작이 투신검 소울 브레이크를 들고 앞으로 나섰다.

드워프 칸툰과 엘프 시아가 고개를 숙이며 좌우로 한 발씩 물러났다.

"벗들이 죽었다. 가벼운 말은 삼가도록."

헬리온 백작의 말에 드워프 칸툰과 엘프 시아는 고개를 끄덕였다.

헬리온 백작은 세 명의 오크를 바라봤다. 생각해 보니 지금 껏 저들의 행동이 너무도 수상했다. 특이한 메이지라 생각하고 가만히 내버려 뒀던 것인데 그게 아니었다.

놈들은 우리를, 아니, 나를 아주 개 좆으로 봤다.

헬리온 백작의 눈빛이 점점 붉게 물들었다. 그의 투기가 급상승한다.

투신검 소울 브레이크에서 붉은 오러가 뭉게뭉게 피어나며 가공할 비명을 질렀다.

화악!

헬리온 백작의 갑옷에서 룬어가 빛을 내뿜었다.

그가 가장 자랑하는 아이템은 투신검 소울 브레이크가 아니었다.

그의 강대한 투기를 마력으로 증폭시키는 '마신의 비늘'이라는 전설 급 아이템.

전신에서 발한 헬리온 백작의 가공할 투기가 최후의 던전 안에 휘몰아쳤다. 그의 투기에 호응하듯 용암은 미친 듯이 천장을 향해서 용솟음쳤다.

폴리트 자작이 마지막으로 주고 간 최후의 선물인 체온조절 마법도 제한 시간이 얼마 남지 않았다. 아무리 헬리온 백작이라고 하더라도 수백 도가 넘는 고열 안에서는 오래 버틸 수가 없었다.

제한 시간 안에 승부를 내지 못하면 모두가 위험해진다.

"그 안에 끝을 내주지."

쿠쿵!

헬리온 백작이 한 발 내디뎠다.

그의 강대한 힘 때문인지 바닥이 발자국대로 움푹 파였다.

헬리온 백작의 타오르는 두 눈이 오크들에게 초점이 맞춰졌다.

"간다."

그의 몸이 환상처럼 오크들의 시야에서 사라졌다.

Chapter 10. 각성

곤이 출사한 이후 이토록 강한 자가 있었을까. 이토록 무자비한 자가 있었을까. 이토록 범접할 수 있는 자가 있었을까.

단언하지만 한 번도 없었다.

볼튼도, 샤를론즈도, 헬리온 백작도 이 괴물에 비해서는 애송이다.

지옥사제 림몬.

이 해골로 된 자의 능력은 인간의 한계를 벗어난 것도 모자라 상식으로 판단할 수가 없었다.

그동안 모은 상급 술법이 적힌 부적을 모두 소모했다. 그가 가진 능력을 전부 동원했지만 놈에게 상처 하나 입히지 못했다.

절대 방어란 저것을 두고 말하는 것이다.

또한 눈앞에 보이는 저것을 어찌 자신의 힘으로 쓰러뜨릴 수 있단 말인가.

화룡.

지옥사제 림몬의 곁에서 맴돌고 있는, 크기는 짐작도 할 수 없는 거대한 화룡 두 마리가 곤의 모든 술법을 생매장시켰다.

어떤 공격도 통하지 않았다.

"후욱! 후욱!"

곤은 짧게 거친 숨을 단발적으로 내뱉었다. 그의 전신에서 피가 뚝뚝 흘러내린다. 바닥은 그에게서 흘러내린 피로 흥건했다. 보통 사람이라면 치사량이 될 정도이다.

그럼에도 곤의 눈빛은 죽지 않았다.

강하다.

정말로 강하다.

자이언트 스켈리톤은 단 일격에 사라졌다. 그 이후, 살기 위해서 아등바등 버티고 있는 것에 지나지 않았다.

그래도 곤은 주먹을 꽉 쥐었다.

여기서 쓰러질 수는 없었다.

코일코의 복수도, 헤즐러의 꿈도, 씽의 의지도, 안드리안의 계약도, 용병들의 바람도 어느 것 하나 들어주지 못했다.

가장 중요한,

혜인에게 반드시 돌아가겠다는 자신의 꿈도 이루지 못했다.

이렇게 죽을 수는 없었다.

─모험자, 이만 포기하라. 여기까지 버틴 것은 칭찬해 주마. 하지만 너의 능력은 거기까지다. 이대로 목을 내놓아라. 쉽게, 아프지 않게 목숨을 가져가겠다.

"아아, 그건 안 되겠어. 이렇게 보여도 부탁받은 것이 많은 몸이라."

─그럼 고통스럽게 죽어라.

지옥사제 림몬의 화룡들이 움직였다.

"으윽."

곤은 급히 뒤로 물러나며 결계의 술법을 펼쳤지만 곧바로 파괴당했다. 림몬이 아닌 화룡들에 의해서.

쿠쿠쿠쿵!

곤은 불길에 휩싸였다. 화룡들이 가까이 접근하는 것만으로도 엄청난 초고열로 인해서 버틸 수가 없었다. 그는 급히 술법을 펼쳐 몸에 붙은 열기를 꺼뜨렸다.

전신에 가드를 펼쳤다.

가드는 또다시 깨졌다.

화룡들의 가공할 열기는 여느 화염 마법과 비교조차 할 수가 없을 정도로 뜨거웠다.

곤은 이를 악물었다. 어금니가 깨지도록.

이대로, 이대로 당할 성싶으냐!

그는 최대한의 마력을 단전에 모았다. 아직 한 번도 시전해 보지 못한 재앙술 7식. 부적을 동원한다고 하더라도 시전이 불가능하다.

하지만 이대로 당할 수는 없었다.

곤은 생명을 걸었다. 그의 몸이 진동한다. 단전이 찢어지는 느낌이 든다. 재앙술 5식과는 비교도 안 되는 마력이 그의 몸에 모여들었다.

힘줄이 툭툭 불거지고 뇌가 망가지는 듯한 느낌.

그래도 곤은 간다.

"재앙술 7식, 전멸(全滅)."

곤의 발밑에서부터 희미한 빛이 사방으로 퍼져 나갔다. 그 반경은 100미터 안팎.

희미한 빛이 천공을 향해서 뻗어 나갔다.

"아오, 그게 아니라고 멍청한 놈아!"

곤의 스승인 말린이 어디선가 주워 온 나뭇가지로 곤의 머리를 세차게 때렸다.

"……."

곤은 아무런 말을 하지 않았다. 머리가 아프지만 손을 올려 '아프다고요'라는 엄살을 피우지도 않았다. 말린은 '어유, 무슨 놈의 제자가 애교도 없어'라며 먼저 투덜거렸다.

"술법을 익히는 것만으로도 무척 힘듭니다. 사용할 수가 없어요."

곤은 길게 한숨을 내쉬며 말했다.

"당연하지, 이놈아. 샤먼은 자연과 일체가 돼야 해. 알아? 인간들도, 모든 종족도 착각하고 있는 것이 바로 자연이야. 자신들이 자연을 지배할 수 있다고 믿는다니까. 절대 그렇지 않아. 자연이 화를 내봐. 아무리 위대한 인간, 이종족이라도 한순간에 망한다고. 아마 대자연의 분노는 드래곤이라고 하더라도 막지 못할걸."

"믿는다고 생각하고 있습니다."

"믿는다고가 아니야. 믿습니다 하고 절이라도 해야지. 우리는 신을 믿지 않아. 하지만 대륙의 정기는 믿지. 그러니까 정령을 볼 수 있는 거야. 이놈아, 나를 믿어라. 세상에 자연만큼 강한 것은 없다."

"그렇지만 재앙술 6식 이상은 말이 안 돼요. 인간이 펼칠 수는 있는 겁니까?"

"펼치면 안 되지. 그건 재앙이니까."

"사부님들이 가르쳐 주시는 것이 재앙술 아닙니까."

"음, 그런가?"

말린이 뒷머리를 긁적거렸다.

"어이구, 하여간 말주변이 없어."

크레타스가 말린의 귀를 잡고 뒤로 당겼다. 그러고는 곤에게 말했다.

"재앙술 7식 이상부터는 인간의 한계를 벗어난 술법이란다. 아이야, 하니 사용할 때는 항상 백 번, 천 번 이상을 생각해 보길 바란다."

"일단은 사용이나 할 수 있으면 좋겠습니다."

곤은 길게 한숨을 내쉬며 말했다.

"할 수 있을 게다. 너는 우리가 본 모든 생명체 중에서 가장 뛰어난 자니까. 너의 집념이라면 언젠가 재앙술 7식을 사용할 수 있을 것이야. 그 이상도. 하지만 꼭 명심해라. 분에 넘치는 힘은 너의 정신과 마음과 육체를 모조리 망가뜨릴 것이야."

사부님, 죄송합니다.

사부님의 뜻을 이제야 알게 된 것 같습니다. 하지만 어쩔 수가 없습니다. 저 괴물을 쓰러뜨리기 위해서 저는 모든 것을 걸겠습니다.

쿠쿠쿠쿠쿠!

가공할 빛이 곤의 주변을 휩쓸고, 그를 단숨에 먹어치우려던 화룡이 그 빛에 휩싸여 소멸되었다. 빛은 끝없이 펼쳐졌다.

순간적으로 천공이 열린다. 가공할 파괴력은 일순간이지만 결계를 힘으로 일그러뜨린 것이다.

회색빛의 대지가 잠시나마 본래의 색을 되찾았다. 그리고 다시금 빛이 사라지며 회색으로 되돌아간다.

"크흑."

단 한 번의 술법을 썼을 뿐인데 곤의 칠공에서 피가 분수처럼 솟구쳤다. 곤의 동공이 커졌다 작아졌다 반복한다. 의식이 스위치를 내리는 것처럼 꺼졌다 켜졌다 반복하는 것이다.

그의 육체가 한계를 넘어섰다. 단전이 사기그릇이 바닥에 떨어진 것처럼 산산이 부서졌다. 내공이 급속도로 소멸된다.

인간이 사용하지 말아야 할 힘을 사용한 대가였다. 곤의 사부들이 그토록 당부했건만, 지옥사제 림몬을 쓰러뜨리기 위해서, 동료들을 구하기 위해서 사용한 힘은 너무나 과했다.

"크흑."

난 쓰러지지 않아!

뒤로 넘어가던 곤이 한 발을 강하게 내디뎠다. 간신히 몸의 균형을 지탱했다.

"후욱! 후욱!"

그는 빠져나가는 내공을 억지로 붙잡았다. 이 정도라면 재앙술 5식을 한두 번 정도 더 사용할 수가 있었다.

재앙술을 더 이상 사용하게 되면 그의 육체가 견디지 못할 테지만 어쩔 수 없었다. 이 괴물이 본래의 세계로 돌아가게 되면 동료들은 전멸한다.

씽도 안드리안도 이 괴물을 당해낼 수는 없을 테니까. 반드시 자신이 결착을 지어야 했다.

곤은 의지를 다잡았다. 흐릿해져 가는 의식을 억지로 붙잡으며 지옥사제 림몬을 바라봤다. 아무리 대단한 지옥사제라고 하더라도 재앙술 7식을 직격으로 얻어맞고는 무사할 수 없던 모양이다.

두 마리의 화룡은 흔적도 없이 사라졌고, 림몬을 감싸고 있던 절대 방어도 깨졌다. 그의 몸을 덮고 있던 후드도 상당 부분 찢어졌다.

림몬의 해골이 그대로 드러났다.

후드득.

그가 차고 있던 반지 두 개는 먼지가 되어 흩어졌다. 아무래도 저 반지들이 믿을 수 없을 정도로 강한 림몬의 절대 방어를 형성해 주고 있던 아이템 같았다.

하지만 반지는 사라졌다. 더 이상 림몬의 절대 방어는 없었다.

─놀랍군. 이런 위력을 지닌 마법이라니. 아니, 마법이 아닌가?

지옥사제 림몬이 천천히 앞으로 걸어 나왔다. 그의 스태프가 강렬하게 푸른빛을 내뿜었다.

─비록 절대 방어를 깨뜨렸다고 하더라도 본좌는 강하다.

어리석은 인간, 그만 포기하는 것이 좋을 것이다.

"까고 있네. 네놈만은 죽인다."

재앙술 1식, 바람의 술.

곤의 몸이 허공에 둥실 떠올랐다. 그는 달리는 것보다 훨씬 빠른 속도로 림몬과의 거리를 좁혔다.

─어리석은 자로고. 마력 강화, 마나 증폭, 마법 증폭, 신체 탄성 강화, 신체 경도 강화, 속도 강화, 체력 증폭, 투기 강화……

믿을 수 없게도 지옥사제 림몬은 스무 개가 넘는 마법을 한 꺼번에 시전했다.

림몬을 주변을 아이언 가드가 몇 겹이나 감쌌고, 5서클 이상의 공격 마법이 무작위로 발산되었다.

쿠쿠쿠쿠쿵!

곤의 전방에서 쉴 새 없이 폭발이 일어났다. 폭발의 빗줄기를 뚫고 곤은 전진했다. 그는 손도끼를 꺼내 아이언 가드를 사정없이 내려쳤다.

깨고, 깨고, 또 깬다.

계속해서 아이언 가드가 생겨났고, 곤은 그것을 쉴 새 없이 깨뜨렸다.

퍼퍼펑!

화염 마법에 직격당한 곤이 아이언 가드에서 떨어졌다. 그의 몸이 검게 그을렸다. 재빨리 불길을 잡은 그가 다시 림몬에게 덤벼들었다.

끈질기게 생명의 마지막까지 불태운다.

―언제나 느끼지만 인간이란 참으로 특이한 종족이야. 도대체 모든 것을 잃은 지금 왜 싸우는 거지?

"나는 나를 위해서 싸운다."

―어쩐지 예전의 그분을 보는 것 같군.

"갖다 붙이지 마!"

결국 곤은 지옥사제 림몬의 마지막 아이언 가드까지 뚫었다. 지옥사제 림몬이 곤의 코앞에 있다. 곤은 손도끼를 들어 지옥사제 림몬의 해골을 내려쳤다.

그 순간이었다.

림몬의 후드가 좌우로 갈라졌다. 림몬의 뼈가 그대로 드러났다. 그의 갈비뼈가 쑥 드러나며 곤의 옆구리로 파고들었다.

완벽한 함정이었다.

림몬은 일부러 강력한 방어막을 형성해 놓은 뒤 곤이 다가오기를 기다렸다. 곤의 마력을 흡수하기 위해서.

"크흑."

곤은 몸을 비틀었지만 꿈쩍도 하지 않았다. 림몬의 뼈가 점점 안쪽으로 파고들었다. 파고드는 것으로 끝나는 것이 아니었다. 그나마 남아 있던 마력을 놈의 뼈가 빠르게 흡수했다.

―벗어나지 못한다, 어리석은 인간.

곤의 몸이 바들바들 떨렸다. 깨진 단전에서 내공이 모조리 빠져나갔다. 이제 남은 것은 생명력뿐이다. 그것조차 림몬은 내버려 두지 않았다.

더 이상 곤이 할 수 있는 것은 없었다.

혼자의 힘으로는 림몬에게서 벗어나지 못한다. 설사 벗어난다고 하더라도 단전이 깨진 이상, 평범한 삶을 살아가는 것조차 쉽지 않을 것이다.

곤의 팔이 툭 하고 떨어졌다. 더 이상 팔을 들어 올릴 힘도 남아 있지 않았다.

젠장, 이렇게 죽는 건가. 그녀를, 혜인을 딱 한 번만이라도 보고 싶은데.

아련하게 혜인의 웃는 얼굴이 떠올랐다. 그녀의 아픈 얼굴이. 어라, 웃고 있는 얼굴은 분명하지만, 어쩐지 또렷하게 떠오르지가 않았다.

그녀의 얼굴이 어느새 잊히고 있는 것이다. 이러면 안 되는데…….

―크흠.

그때였다.

곤을 흡수하려던 림몬이 갑자기 멈췄다. 그는 곤과 눈을 맞췄다.

―놀랍군. 카시어스가 너에게 붙은 이유가 있었어. 하긴, 그녀도 단순한 바보는 아니니까.

"……."

림몬이 무슨 말을 하는지 몰라 곤은 대답할 수가 없었다. 어차피 말할 기운도 없지만. 그나마 림몬이 멈춘 덕분에 전신이 찢어지는 고통은 사라졌다.

―큭큭큭큭, 세상이 재밌게 돌아가겠어.

"개… 소리 좀… 그만하지. 알아… 듣게 말을 하란 말이야."

―이 황폐한 차원의 틈새에서 나가 동료들에게 돌아가고 싶지?

"무슨… 후욱후욱, 꿍꿍이냐? 알아듣게 말하란 말이다."

―아쉽게도… 그분의 꿈을 보지 못하겠지만, 인간들이 공포와 두려움에 젖어 울부짖는 상상을 하는 것만으로도 기쁘구나. 자, 그럼 시작해 볼까.

"후욱후욱, 도대체 뭔 소리냐… 크흑."

곤은 끝까지 말을 하지 못했다. 옆구리에 박힌 림몬의 뼈에서 어마어마한 마나가 흘러들어 오기 시작한 것이다. 곤이 가진 힘과는 다른, 완전히 이질적인 힘이었다.

색으로 치면 회색. 맑지도, 그렇다고 어둡지도 않은 회색의 힘이 곤의 전신을 강타했다.

"으으으으윽!"

곤은 입을 다물고 어금니를 물었다. 지금 입을 벌리게 되면 내장이 산산조각이 나며 흩어지고 말 것이다.

놀랍게도 깨진 단전이 다시 만들어진다. 예전보다 훨씬 크고 단단하게 생성되고 있었다.

갈라진 피부가 찢어지고 새살이 돋는다. 머리카락도 한꺼번에 빠지더니 윤기가 있는 새로운 머리카락이 빠르게 솟아났다.

흐릿했던 눈동자에도 총기가 돌아왔다.

예전보다 족히 두 배 이상 늘어난 내기가 곤의 전신에 감돌았다.

그와 함께 지옥사제 림몬의 뼈로 된 몸은 가루가 되어 바람에 흩날렸다.

─나의 열 번째 반지를 사용하여 차원의 공간을 열어라. 그럼 너는 동료들에게 돌아갈 수 있을 것이다.

림몬의 마지막 말이었다.

그는 왜 곤을 도와줬는지 일언반구조차 없었다. 그가 무슨 말을 하는지도 곤은 이해할 수가 없었다. 딱 하나 알 수 있는 것, 그것은 그가 어떤 모종의 이유로 곤을 살려줬다는 것이다. 자신의 목숨까지 버려가면서.

왜?

도대체 왜?

곤은 그 이유를 알 수가 없었다.

휘이이잉—

회색 바람이 불었다. 바람은 재가 되어버린 림몬의 뼛가루를 훑고 지나갔다. 뼛가루가 남김없이 바람에 날려 사라졌다.

곤은 허리를 숙여 림몬의 후드를 들었다. 안에는 림몬의 스태프와 세 개의 반지가 남아 있었다. 나머지 반지는 모두 파괴되었다. 겉으로 봐도 스태프는 대단한 아이템이 분명했다. 하지만 그는 메이지가 아니니 스태프를 사용하지 못한다. 캄렌에게 주는 것이 나을 듯했다.

곤은 왼손에 반지를 꼈다. 놀랍게도 세 개의 반지는 곤의 손가락에 꼭 맞았다. 일부러 맞추려고 해도 그럴 수는 없을 것이다. 아마도 이것은 반지의 능력이겠지.

반지를 착용한 즉시 능력을 알게 되었다. 마치 원래 알고 있는 것처럼 자연스럽게 습득이 된 것이다.

중지에 낀 반지, 이름은 마르스, 능력은 열쇠. 무엇을 여는 열쇠인지는 알지 못한다. 아마도 던전 안에 있는 어떤 유물을 얻기 위한 열쇠 같았다.

약지에 낀 반지, 이름은 쿠피도, 능력은 2회 20초간 용암의 움직임을 막을 수가 있다. 이것 역시 유물과 관련된 반지였다. 뜨거운 용암을 피하기 위해서는 필수 아이템이었다.

새끼손가락에 낀 반지, 이름은 가이아, 능력은 차원의 틈새를 일시적이나마 열 수 있다. 곤에게 가장 필요한 아이템이었다. 어쩌면 이 반지를 실마리 삼아 조선으로 돌아갈 수 있는 방법을 알아낼 수 있을지도 몰랐다.

곤은 새끼손가락을 들어 허공을 가리켰다.

"오픈 게이트."

주문과 함께 곤의 코앞에서 포탈이 열렸다. 포탈 안쪽에서 뜨거운 열기가 후끈 밀려왔다.

"그럼 가볼까?"

곤은 포탈 안으로 발을 내디뎠다.

*   *   *

쿠쿠쿠쿵!

사방에서 검기가 휘몰아친다. 바닥이 폭격을 맞은 것처럼 움푹움푹 파였다. 정신없이 마력이 부딪치지만 상처를 입은 자들은 용병들과 헬리온 백작 일행뿐이었다.

"이 괴물들……."

안드리안이 거칠게 숨을 몰아쉬었다.

누르크와 샤우트는 분명 강하다. 용자라는 칭호가 딱 들어맞을 정도로. 하지만 그들을 더욱 강하게 하는 것은 게우스의 능력 때문이었다.

게우스는 한꺼번에 여섯 가지 이상의 버프를 누르크와 샤우트에게 걸었다. 그 역시 샤먼. 하지만 곤과는 근본적으로 뭔가가 달랐다. 그의 술법이 훨씬 더 어둡고 잔인했다.

"으아아아, 미치겠네! 저것들을 어떻게 잡으란 말이야! 이러다가 우리가 먼저 전멸하겠네."

엘프 시아가 머리를 마구 헝클었다. 그도 그럴 것이, 사방에 쓰러져 있는 것은 아군뿐이었다. 기사 급의 실력을 가진 용병들, 더군다나 그들은 놀랍게도 마법검까지 가졌다. 그런 자들도 오크들에게 상처 하나 입히지 못했다.

아니, 상처를 입혀도 곧바로 치료가 된다. 게우스의 버프는 상식을 초월할 정도로 막강했다.

"젠장, 에리카가 생각나네. 못된 년. 도대체 어디로 사라진 거야?"

안드리안은 입술을 깨물며 중얼거렸다. 그녀만 있었어도 이 정도로 밀리지는 않았을 것이다. 다시 한 번 그녀의 존재가 무겁게 그녀의 어깨를 내리눌렀다.

쿠쿠쿵!

"크흑."

누르크와 겨루던 씽이 튕겨 나왔다. 누르크와 씽의 실력은 엇비슷했다. 아니, 오히려 씽이 앞선다고 할 수 있었다. 씽의 기본적인 능력치가 워낙 뛰어났다. 더군다나 그에게는 마법검 부럽지 않은 열 개의 손톱이 있지 않은가.

그러나 그런 씽의 손톱도 다섯 개나 부러져 나갔다.

게우스의 버프는 완벽했다.

아무리 공격해도 통하지 않는 통곡의 벽처럼 느껴졌다.

"어쩌지?"

마법이 풀릴 제한 시간이 얼마 남지 않았다. 오크들은 버프로 인해서 뜨거운 열기를 감당할 수 있지만 용병들은 그렇지 못했다.

길어야 5분이나 견딜까.

아니, 어쩌면 더 짧을 수도 있었다. 등을 돌리고 나갈 수도 없다. 오크들에게 등을 보인 순간, 최소 반수 이상은 죽는다.

더욱이 지옥사제 림몬이 사라진 이후 용암의 움직임이 심상치가 않았다. 더욱 미친 듯이 허공으로 치솟는다. 용암이 용병들이 있는 방향으로 튀어 몇 번이나 타 죽을 뻔했다.

"한꺼번에 전력으로 갑시다."

헬리온 백작이 말했다.

안드리안과 씽이 고개를 끄덕였다. 이제껏 저 괴물 오크들과 접전을 벌일 수 있던 이유도 헬리온 백작 덕분이다. 그와 엘프 시아가 적절하게 게우스를 견제하지 않았다면 진작 용병들은 전멸했을 것이다.

헬리온 백작 옆으로 씽과 안드리안, 드워프 칸툰이 섰다.

그의 뒤로 쓰러졌던 용병들이 피를 흘리며 일어나 자리를 잡았다.

"갑시다. 젠장, 저 자식들이 죽나 우리가 죽나 한번 해보자고. 징그러운 오크들."

에릭이 쌍둥이 단검 타키온에 마나를 불어넣으며 말했다. 식신들도 마력을 증폭시킨다. 그들의 등에 박쥐와 검은 날개가 쫙 펴졌다.

"Go!"

용병들과 헬리온 백작 일행이 동시에 움직였다. 정면으로 안드리안과 썽, 헬리온 백작, 드워프 칸툰, 식신들이 나섰고, 후방 지원으로 용병들이 따라붙었다.

엘프 시아가 재빨리 세 발의 화살을 장전해 오크들을 향해 쏘았다.

"연막! 지금이야! 모두 힘내라고!"

엘프 시아가 외쳤다. 그녀의 말대로 날아가던 화살이 갑자기 펑 터지며 오크들의 시야를 차단했다.

"잘했어!"

게론이 식인검 게리온을 들고 연막 안으로 뛰어들었다. 모두가 한꺼번에.

쿠쿠쿠쿵!

동시에 거대한 폭발이 연쇄적으로 일어났다. 폭발과 폭음이 연막 안에서 천둥 번개처럼 울려댔다.

그리고 연막 안에서 나부끼던 막대한 에너지가 잦아들었다.

"어, 어떻게 된 거지?"

시아는 활을 들고 연막을 지켜보았다. 아직 연막이 사라지지 않아 안의 상황을 알 수가 없었다. 이번에 반드시 오크들을 잡아야 했다.

몸에서 열기가 느껴지고 있다. 체온조절 마법이 끝나가는 시점이었다.

"윽! 어, 엄청나게 뜨거운데."

시아는 자신도 모르게 헛바람을 들이켰다. 공기가 너무나 뜨거워서 숨도 제대로 쉬기가 어려웠다. 이런 곳에서는 5분이 아니라 1분도 견디기 어려웠다. 피부가 금방 빨갛게 달아올랐다.

연막이 사라진다.

사라진 연막 안은······.

시아의 얼굴이 구겨졌다. 설마 했지만 설마가 현실로 나타날 줄은 생각도 못 했다.

오크들의 주변으로 용병들과 헬리온 백작 등 전원이 피를 흘리며 쓰러져 있는 것이다.

"클클클, 12용자 중에서도 톱클래스인 게우스 님이 계시다. 지존께서도 인정하시는 게우스 님이 계신데 네깟 놈들이 우리를 당할 수 있을 것 같으냐?"

누르크는 쓰러진 용병들을 사정없이 걷어찼다. 걷어차인 용병들이 좌우로 튕겨졌다. 옆구리를 정통으로 얻어맞은 게론이 한 사발이나 되는 피를 토했다. 갈비뼈가 부러진 듯했다.

"크흑, 빌어먹을 오크들."

헬리온 백작이 검에 기대어 힘겹게 일어섰다. 도저히 게우스란 오크의 버프를 뚫을 수가 없었다. 이제껏 수많은 전쟁터를 경험한 헬리온 백작이지만, 단연코 이렇게 막강한 버프는 한 번도 본 적이 없었다.

무엇이든 벨 수 있다고 알려진 오러는 물론이거니와 마법 아이템도 무용지물이었다.

놈은 모든 기술을 제자리로 돌려놓는다.

"자, 이제 장난은 그만하지. 그만들 죽어라."

게우스의 양손에서 검은 마나가 흘러나왔다. 칙칙하고 음습한 그 힘은 점차 강해지고 있었다.

어지간해서는 눈썹 하나 까닥하지 않던 용병들과 헬리온 백작의 얼굴이 딱딱하게 굳었다. 게우스에게서 느껴지는 힘은 자신들의 힘보다 월등하게 뛰어났다. 아니, 상식적으로 저런 마나를 모을 수 있다는 것이 말이 되지 않았다.

인간이나 오크의 수명으로는 저렇게 많은 마나를 모을 수가 없었다.

수천 년을 살 수 있다는 드래곤이라면 모를까.

검은 마력은 점점 더 크게 불어났다. 게우스의 거대한 힘 앞에 압도당했는지 미친 듯이 치솟던 용암도 잠잠해졌다.

검은 마력은 던전의 천장을 가득 채웠다.

"저, 저것이 모두 마력? 말도 안 돼!"

엘프 시아는 믿을 수 없는 광경에 활을 들 생각조차 하지 못했다.

도대체 무슨 수를 쓰면 저토록 거대한 마력을 형체화할 수 있단 말인가.

저 마력이 용병들과 헬리온 백작 머리 위로 떨어진다면 두 번 볼 것 없이 전멸이다. 뼈도 찾아내지 못할 것이다.

그때였다.

던전의 천장을 가득 메우고 있던 거대한 검은 마력이 갑자기 흔들렸다.

"어?"

게우스는 자신의 가슴을 바라보았다. 등에서 뚫고 들어온 손이 자신의 심장을 움켜쥐고 있다. 손은 게우스가 보는 상황에서 심장을 꽉 쥐어 터뜨렸다.

"크헉."

게우스의 입에서 피가 울컥 튀어나왔다.

"아, 넌 하이랜더라고 그랬지? 심장이 터져도 재생한다면서."

게우스의 등 뒤에서 곤의 목소리가 들렸다. 게우스는 천천히 고개를 돌려 곤을 바라보았다.

"네, 네가 어떻게?"

"내가 어떻게 살아서 돌아왔냐고? 나도 몰라. 그건 죽은 지옥사제 림몬에게 가서 물어봐."

곤은 게우스의 등에서 손을 빼낸 후 손도끼로 그의 목을 잘라냈다.

게우스의 목이 잘려 바닥에 떨어졌다. 잘린 그의 목에서 엄청난 피가 분수처럼 허공을 향해 솟구쳤다.

"이, 이럴 수가! 마, 말도 안 돼! 내, 내가 죽다니…… 아직, 아직 꿈을 이루지 못했는데… 아직 그분께서 깨어나지 못하셨는데……."

놀랍게도 게우스의 얼굴이 인간의 형태로 바뀌었다. 본래 그의 얼굴은 미남 축에 속했다. 피부 또한 잡티 하나 없게 깨끗했다. 그리고 하이랜더를 상징하는 검은색 머릿결.

"본래 모습인가 보군. 게우스, 아니, 하이켄블루. 네놈이 죽인 일족을 생각해 봐."

"내, 내 이름을 어떻게?"

"다시 한 번 말하지만, 림몬에게 가서 물어봐."

곤은 게우스의 머리를 발로 차버렸다. 그의 머리가 멀리 날아가 용암으로 떨어졌다. 용암에서 게우스의 비명이 잔혹하게 울려 퍼졌다.

아무리 하이랜더라고 하더라도 목이 잘리고 머리가 사라진 상태에서는 절대로 되살아나지 못할 것이다.

한때 대륙에 악명을 진동시키던 다섯 하이랜더 중 한 명인 하이켄블루의 허망한 최후였다.

"어?"

"이, 이게 무슨……."

누르크와 샤우트는 조금 전에 일어난 상황을 제대로 이해하지 못했다. 게우스가 누구인가? 12용자 중에서도 가장 뛰어난 오크였다. 볼튼조차 그에게는 함부로 하지 못했다. 그런 그가 허무하게 죽은 것도 황당한데 인간이었다니. 도저히 믿을 수가 없었다.

곤은 재빨리 누르크와 샤우트 사이로 뛰어들었다. 놈들의 버프가 풀렸다. 놈들의 정신을 차리기 전인 지금이 기회였다.

곤의 손도끼가 누르크와 샤우트의 목을 일격에 쳐서 떨어뜨렸다. 놀란 오크들이 몸을 뒤로 빼려고 했지만 이미 한발 늦었다.

누르크와 샤우트의 목이 허공을 날아서 떨어졌다. 머리를 잃은 그들의 몸은 그대로 앞으로 쓰러지고 말았다.

"형님?"

"고, 곤?"

"부단장님? 도대체 어디서 나타난 겁니까?"

씽과 안드리안, 용병들은 조금은 황당한, 또는 믿을 수 없다는 표정으로 곤을 바라보았다. 설마 이토록 절묘한 순간에 나타나 오크들을 처리할 줄은 누구도 예상하지 못했다.

곤은 그들에게 고개를 끄덕였다. 설명할 시간이 없었다. 게우스가 죽자 다시금 용암이 날뛰기 시작했다.

"설명은 나중에. 전원 붉은 석탑을 향해서 뛸 준비 해."

"네?"

"준비."

"아, 예."

곤은 곧바로 약지에 낀 반지 쿠피도의 능력을 해방시켰다. 놀랍게도 치솟던 용암이 그대로 정지했다.

"뛰어!"

곤의 외침과 함께 용병들이 멈춘 용암 사이로 뛰었다.

다행히 큰 상처를 입지 않았는지 그들은 붉은 석탑까지 무사히 도착할 수가 있었다.

곧이어 제한 시간이 지나며 용암이 다시 움직였다.

철문 밖에서 곤과 용병들의 모습을 바라보던 카시어스는 빙그레 미소를 지었다.

"역시 내 느낌이 틀리지 않았어. 곤이 살아 돌아왔다는 것은 지옥사제 림몬도 그를 인정했다는 것."

"그렇군."

카시어스의 옆에서 굵은 사내의 목소리가 들렸다.

"아이고, 깜짝이야!"

카시어스는 어느새 나타나 그녀의 옆자리를 차지하고 있는 사내를 올려다보았다. 자그마치 2미터가 넘는 신장에 어깨가 드워프들보다 떡 벌어진 사내였다. 머리 스타일은 특이하게도 사자처럼 크게 부풀어 있었다.

"쫌! 기척 좀 내고 움직여라, 데몬고르곤."

"네 실력이 줄어든 것이겠지."

"아니거든. 그나저나 네가 여긴 웬일이야? 자리를 지켜야지."

"림몬의 기운이 사라졌다. 그 말의 의미는 너도 알고 있겠지?"

"당연하지. 그럼 이제 너도 리치 킹과의 계약은 끝난 거잖아. 네 갈 길 가면 되잖아."

"……."

한때 대륙을 진동시킨, 최강의 기사로 손꼽히던 사자마왕 데몬고르곤은 아무 말도 하지 않았다. 팔짱을 낀 채 붉은 석탑 속으로 사라져 가는 곤과 용병들을 바라볼 뿐이다.

"너 설마… 갈 곳이 없냐?"

"800년은 긴 세월이지."

연고지가 없다는 소리다.

"그래서 나한테 빌붙으려고?"

카시어스는 의뭉스러운 눈초리로 데몬고르곤을 바라보았다.

"네가 아니지."

"그럼?"

"곤이라는 사내지."

"어쨌든 빌붙는 것이 맞네."

"……."

사자마왕 데몬고르곤. 한때는 그의 이름만 들어도 우는 아이가 울음을 그쳤다는 소문이 있을 정도였다. 그런 그였지만 800년이나 지난 지금, 아무 연고지가 없는 그로서는 조용히 있을 수밖에 없었다.

『마도신화전기』 9권에 계속…

FUSION FANTASTIC STORY

니콜로 장편 소설

아레나
이계사냥기

『경영의 대가』
니콜로 작가의 신작 소설!

서른을 앞둔 만년 고시생 김현호.
어느 날, 꿈에서 본 아기 천사에게 충격적인 이야기를 듣는데……
"모르시겠어요? 당신 죽었어요."

뭐?! 내가 죽었다고?

"그리고…… '율법' 에 의해 시험자로 선택받으셨어요."

김현호에게 주어진 시험!
시험을 완수해야만 살 수 있다.

현실과 제2차원계 아레나를 넘나들며,

새 삶의 기회를 얻기 위한
그의 치열한 미션이 시작된다!

Book Publishing CHUNGEORAM

유행이 아닌 자유추구 -
WWW.chungeoram.com

PERFECT GAME 퍼펙트 게임

박선우 장편 소설
FUSION FANTASTIC STORY

고통과 좌절의 시간들을 뛰어넘어
불사조처럼 일어나 세계를 제패한 사나이의 일대기.

대한민국을 넘어 메이저리그를 평정하며
명예의 전당에 헌정된 언터처블 투수, 이강찬.

강철 같은 어깨에서 뿜어져 나오는 그의 패스트볼은
무적이었으며 야구계에 길이 남을 **신화**였다.

야구만을 사랑했던 고독한 사나이.
그의 **퍼펙트게임**이 이제 시작된다!

독고진 장편 소설

FUSION FANTASTIC STORY

100마일

100MILE

160.9344㎞.
투수라면 누구나 던지고 싶은 공.

『100마일』

"넌 야구가 왜 좋아?"

야구가 왜 좋냐고?
나에게 있어 야구는 그냥 나 자신이었다.

가혹할 정도의 연습도,
빛나는 청춘도 바쳤다.
그리고 소년은 마운드에 섰다.

이건 역사상 최고의 투수를 꿈꾸는
어떤 남자의 이야기이다.

Book Publishing CHUNGEORAM

유행이 아닌 자유추구 -
WWW.chungeoram.com

가프 장편 소설

관상왕의
1번룸

FUSION FANTASTIC STORY

거대한 도시의 그늘에서 벌어지는
짜릿하고 통쾌한 이야기!

『관상왕의 1번룸』

텐프로의 진상 처리 담당, 홍 부장.
절망적인 삶의 끝에서 만난 남국의 바다는
그를 새로운 인생으로 인도하는데…….

쾌락을 원하는 거부, 성공에 목마른 사업가,
그리고 실패로 절망한 사람들이여.

여기, 관상왕의 1번룸으로 오라!

Book Publishing CHUNGEORAM

유행이 아닌 자유추구 -
WWW.chungeoram.com